永遠《とわ》の二人は運命を番《つが》う

夢乃咲実

幻冬舎ルチル文庫

CONTENTS ✦目次✦

✦カバーデザイン＝コガモデザイン
✦ブックデザイン＝まるか工房

イラスト・サマミヤアカザ ✦

永遠《とわ》の二人は運命を番《つが》う

初夏の風は、明るく乾いている。

どこまでも続く草原は、そのゆるやかな風に優しく波打っている。

馬の群れは今、どのあたりにいるだろう。

放牧している群れを見失うことは草原ではしょっちゅうだが、部族の領土を出ていくほど遠くまで行くはずがないのはわかっている。

夏の間はよい草を求めて安全だとわかっている場所を勝手に移動し、冬を越すだけの体力や栄養を蓄えるのだ。

冬を前に探して連れ戻さなければいけない群れもあるし、勝手に放牧地の拠点まで戻ってくる群れもいて、どの群れがどうなのか、だいたい見当もつく。

今年は山に獲物が豊富なので、狼《おおかみ》の群れもあまり草原近くまでは下りてこない。

優秀な牡馬《おすうま》が群れを率いていれば、心配はいらないのだ。

部族の宿営地から遠く離れたこの放牧地では、時間の流れはゆるやかだ。

かといって暇というわけではなく、時折食料の調達と腕を磨くために狩りにも出るし、馬具や弓などの手入れ、冬に向けた牧草の刈り取り、連れてきている羊の小さな群れの世話など、やることはいくらでもある。

ユルーが一人で幕屋の側《そば》に座り込み、使い込んだ鞍《くら》の補修をしていると、羊たちが自然と周囲に集まってきた。

少し離れたところでは、大きな犬のチャガンが悠然と寝そべっている……ということは、近くに危険なことは何もない、というしるしだ。

ユルーの年齢……十八歳といえば、草原の男としてはもう一人前だ。

明るい灰色をした立ち襟《えり》で長袖の木綿の服や茶色い帯には、赤や緑の糸で丁寧な刺繍《ししゅう》が施されており、草原の部族の中でも裕福な家の出であることを表している。

ユルーの顔立ちはどちらかというと線が細く、部族の中でも指折りの美人と言われている母似だが、決して女性的というわけではない。

頸《くび》の後ろでひとつに縛った茶色がかったやわらかな髪は日に焼けても艶《つや》を失わず、ゆるやかな優しい弧を描いた眉《まゆ》、細く通った鼻筋は繊細で大人びているが、頬《ほお》のあたりの線のやわらかさや、いきいきとした茶色い瞳《ひとみ》、そして口元に浮かんでいる悪戯《いたずら》っぽい笑みが、少しばかり子どもっぽさを引きずっている。

体つきは細身でどちらかというと小柄だが、すんなりと伸びた手足や騎馬の民らしい姿勢の良さは少年から青年に変わりつつある独特の美しさを見せており、もう何年かしたら、面差しは母に似たまま、きりっとした美男になるだろうと言われている。

ユルーの母は、近隣の部族と戦があった際に人質としてユルーの部族に送られてきた、相手の部族の族長の娘だ。

人質の女性は普通族長の妾《めかけ》になるのが草原のならわしだが、族長の使いとして領土の境界まで迎えにいったユルーの父と、互いに一目で恋に落ちたのだ。

ユルーの父は三人の子をなした妻を何年も前に亡くしており、族長に願い出て、人質の女性を自分の正式な妻とすることを許された。

ユルーの父が部族の有力者であったから許されたことだろう。

そしてその新しい妻が産んだ一人息子が、ユルーなのだ。

思いがけず授かった末っ子の誕生が嬉《うれ》しくて、父が即興で歌った祝福の歌が評判となり、それがそのまま「祝福」という意味のユルーの名となったことは、部族の中では知られている話だ。

その父は数年前に亡くなり、異母兄が家を継いでいるが、ユルーは異母兄にも異母姉にも可愛《かわい》がられ、一家の末っ子として、いくぶん甘やかされて育った。

それでも、性根は曲がらずに真《ま》っ直《す》ぐに育ってくれた、と母も安心している。

そして今、地面に座り込んだユルーの頭は、気がついたら集まってきた羊たちに埋もれそうになっていた。

手元にぬっと突き出された一頭の頭を、ユルーは少しばかり手荒く撫《な》でた。

すると、我も我もというように羊たちが押し合いながら頭を突き出してくるので、ユルーは思わず笑い出した。

「もう、いつまでたっても終わらないじゃないか、ドラーンが帰ってくるまでに、この鞍を直したいと思ってるのに」

羊たちの頭を押しのけつつ、鞍の補修をすませて立ち上がろうとしたとき、少し離れたところにいた犬のチャガンがさっと起き上がって、南の方を向いて二度、吠えた。

「あ！」

その吠え方に、ユルーもさっと頭を巡らせて南の方向を見ると、遠い地平にかすかな砂《すな》埃《ぼこり》が立っているのが見えた。

人を乗せた一頭の馬と、乗せていない二頭の馬。

「ドラーンだ！」

ユルーは叫び、羊たちの背を飛び越えるようにして、走り出した。

駆け寄ってくるユルーに気付いてか、人馬の速度は上がり、あっという間に近付いてくる。

馬に跨《また》がっているのは、肩幅が広く背の高い、男らしい体格で、黒く長い髪をユルーと同じように頭の後ろで束ねた男だ。

近付くにつれ、そのあさぐろく彫りの深い、考え深そうで少しばかり頑固そうな、線のしっかりした顔立ちがはっきりしてくる。

「ドラーン！」

ユルーは男の名を呼びながら、目の前に来て速度を落とした馬に、飛びつかんばかりに駆け寄った。

ドラーンは無言でユルーの片腕を摑《つか》み、軽々と鞍の上に引き上げてくれる。後ろ向きに、ドラーンと向かい合うように鞍の上に収まったユルーは、いきいきとした瞳を輝かせてドラーンを見つめた。

面長で硬質な顔立ちだがいかつくはなく、ただ一文字に引き結んだ唇が気むずかしい印象を与えるが、黒い直線的な眉の下の思慮深げな一重の目は、優しい光を帯びてユルーを見つめ返している。

黒い木綿の服は、同じく黒い糸で補強の刺繡がなされているが、少しばかりくたびれて袖口がすり切れている。飾りのない灰色の帯も使い込んだものだ。

しかしそれは堅実で仕事熱心な草原の男の証《あかし》であり、いつものドラーン、いつもと変わらないドラーンだ。

「お帰り！　思ったより早かったね。宿営地は変わりなかった？　母さんは何か言っていた？　とうもろこしの粉は手に入れられた？　お腹すいてない？　いい馬はみつかった？」

矢継ぎ早に尋ねるユルーの言葉の切れ目を、慣れた様子でドラーンは捉え、頷《うなず》く。

「宿営地は変わりない。母上は元気だ。パンを持たせてくれた。とうもろこしと、小麦を持ってきた。飯はまだだ。馬はこの二頭」

簡潔に要領よく答えるその低い声が、ユルーの腹のあたりに心地よく響く。

ドラーンのこの声が好きだ、とユルーは思う。

それを言うなら、ドラーンの黒い瞳、引き締まった口元、そして少し無骨で不器用な物言いも、すべてが好きなのだが。

「どうだ？」

ドラーンの言葉が、連れてきた二頭の馬を指しているのだとユルーにはわかったので、馬の上から身を乗り出すようにして、ドラーンが引き連れてきた二頭の馬を見つめる。

ドラーンは部族が持つ別の放牧地にいる群れと、数頭の馬を交換するために五日ほど出かけており、新しくこちらの群れに入れる馬を連れてきたのだ。

去勢していない鹿毛の牡馬は、がっしりした体格だが、少し神経質そうだ。

青毛の牝馬《めすうま》は体つきが美しく、性格もおっとりしているように思える。

「さすがだね、どっちもちょうどほしかった種類の、いい馬だ」

ユルーは即座に言った。

「種馬のほうは、少し手元で馴《な》らしてから群れに入れよう。少し年がいった、落ち着いた牝馬を集めたほうがいいね。そっちの牝馬のほうは、すぐに群れに入れたほうが落ち着く感じがする」

「お前がそう思うならそうしよう」

ドラーンが頷く。

その、ドラーンが自分に寄せてくれる絶対的な信頼と同じものを、自分もドラーンに対して感じている、とユルーは思う。

まだ十八歳のユルーと、七歳年上のドラーンという部族の中では若手の二人が、部族が持つ一番いい馬の群れを二人きりで任せられているのには、理由がある。

ドラーンは冷静で、馬をよく観察し、見抜く目を持っている。

ユルーのほうは、なんというのだろう……馬に限らず、羊や犬など、身近な動物の性質や気持ちなどが、直感的にわかるのだ。

ユルーの部族は、もともといい馬を育てるのに長《た》けている。

草原には何十もの部族が存在するが、ユルーの部族はその草原でも、北西の端に位置している。

それは草原のはずれであり、北と西に向かって連なる高い山々が始まるところだ。

西の山々が部分的に南側にも張り出しているため、領土全体が三方を山に囲い込まれたようになっている。

北の高い山々には氷河があり、そこから流れ出す水が、草原の国には珍しく一年を通して涸《か》れることのない川となって領土を潤しているため、畑だけでなく、家畜の餌にも困ることは少ない。

西と南の山々もまた、多くの谷川が巡る複雑な地形を呑《の》み込んでおり、戦いの際の防御や避難に有利なだけでなく、高低差のある地形で育てた馬が丈夫で器用に育つ。

山々の先の丘陵地には野生馬の群れもいくつかあり、群れに新しい血が必要な場合はそこで捕らえた馬を馴らすこともできる。

だからユルーの部族は何百年にもわたってよい馬を産してきており、それにともなって、独自の技術も蓄積してきている。

それが、「ジョロー」と呼ばれる馬の生産だ。

側対歩、つまり……右前足と右後ろ足、左前足と左後ろ足を同時に出して歩く馬のことだ。

多くの馬は、右前足と左後ろ足、左前足と左後ろ足を同時に出して歩く。

そういう普通の馬に比べ、側対歩の馬ジョローは、揺れが少なく背に乗る人間の負担が少ないので、長距離の移動も楽だし、老人や病人も乗せられるし、儀式などで輿《こし》を載せた数頭のジョローが列を成して歩く姿は、地上を優雅に辷《すべ》っていくようで本当に美しい。

馬のほうもまた、鞍擦れなどが起きにくく、負担が少ない。

だが、ジョローとして生まれつく馬は少なく貴重だ。

そのジョローを……ユルーの部族は、人工的に作れるのだ。

どんな毛色の馬でも、ジョローであれば、草原中から買いたいという希望が殺到する。

時には、草原の外の国々からも、直接買い付けに来ることがある。

葦毛《あしげ》や白馬のように、貴重な毛色でジョローともなれば、たいへんな高値がつく。

だからユルーの部族は草原の他の部族に比べると経済的に豊かなのだ。

だが、ジョローを作るのは容易なことではない。

素質がありそうな馬の、同じ側の前足と後ろ足をゆるく縄で縛るなどして訓練するのだが、下手をすれば馬の身体《からだ》を痛めてしまうし、人間との信頼関係も損ねる危険がある。

そもそも素質のありそうな馬を見つけること、訓練をはじめる時期を見極めること、そして訓練そのものには、熟練の目と腕が必要だ。

しかし、それが……まだ若いドラーンとユルーが組むと、うまくいくのだ。

冷静に馬を見抜く目を持っているドラーンと、馬の気持ちや気分がわかるユルーなら。

もちろん、ジョローを作るだけでなく、種馬と牝馬の相性を見抜いてよい仔馬を産ませたり、戦に適した馬、女子どもを乗せるのに適した馬、儀式に使う馬、使役に使う荷馬など、適材適所の馬を増やすことも大切で、それも、二人が見ている群れでは群を抜いて結果がいい。

それでもさすがにユルーの若さが危惧されていたのだが、ユルーが十六になったときにとうとう群れを任されることになり、以来夏の間、ドラーンと二人でこの放牧地で過ごすようになって、今年は三年目になる。

動物の世話をしながら、時間を見つけては剣の稽古をつけてもらい、弓を持って狩りに出ることも、草原に生きる者としてのたしなみで、そういうことはすべて、この宿営地でドラーンに教わった。

「おなか！　すいているって言ったよね？」

天幕の近くまで来ると、ユルーはそう言って、馬から飛び降りた。

「そうかもしれないと思って、肉を煮込んであるよ。水瓶《みずがめ》はふたつともいっぱいだから、ドラーンは身体を拭《ふ》いて。鞍は僕がはずしておくね。あの二頭は、離して繋《つな》いでおけばいい？」

「ああ」

ドラーンが頷いたのは、ユルーの質問すべてに対してだ。

「フンディには水を多めに」

フンディは、「滝」を意味する、ドラーンの漆黒の愛馬の名だ。

「わかってる」

ユルーは頷いて、馬たちのほうに飛んでいった。

犬のチャガンも、自分の仕事を心得ているといった様子で、新入りの馬たちがどこかへ駆けだしていかないか警戒するように、少し離れた場所から見張ってくれている。

まず種馬と牝馬を離して繋ぎ、それぞれに優しく話しかけてやりながら、身体を拭《ぬぐ》い、調子の悪いところがないかどうか確かめる。

もちろん、ドラーンが選び出し、連れ帰ってきた馬だから、心配ないことはわかっているが念のためだ。

それからフンディのところに戻って鞍をおろし、水をやり、こちらも身体を拭いてやり、最後に一度鼻面を抱き締めてやってから、幕屋に戻る。

あとは、馬も羊もチャガンが見ていてくれるから、安心だ。

ドラーンは顔を洗ってさっぱりとした様子でかまどの傍《かたわ》らに座り込み、ユルーが用意していた肉のスープを温め直し、茶を淹《い》れてくれていた。

ユルーはドラーンの隣に、飛び込むようにして座った。

そのユルーの身体を片手で受け止めながら、ドラーンが軽く笑った気配がする。

ユルーがまるでやんちゃな仔犬のように跳んだり跳ねたりしているのが、ドラーンが数日ぶりに帰ってきて嬉しいせいだと、わかっているのだ。

それぞれの椀にスープをよそうと、ドラーンが傍らに重ねてあった、ユルーの顔よりも一回り大きい平たいパンを半分にちぎり、片方をユルーに差し出す。

パンの表面につけられた模様から、母が持たせてくれたものだと一目でわかる。

自分にくれたパンのほうが少し大きいと気付いたユルーは、その大きいひとくちぶんをちぎり取り、それをドラーンの口に押し込んだ。

ドラーンがちょっと笑い、押し込まれたパンを無言で噛《か》み始め、ユルーもパンを食べ始めた。

自分たちは本当にわかり合っている、とユルーは思う。

二人は「馬を並べる関係」だ。

草原の民の中で言う、男同士の特別な関係。

普通の友人関係から一歩進んで、一対一で、特別な関係を結ぶことだ。

実の兄弟よりも優先し、互いを大切にして助け合い、そしてときには身体を重ね合う。

草原ではそういう関係のことを、「馬を並べる関係」と呼ぶ。

もっともユルーは、部族の男たちから何かの拍子に「お前たちは馬を並べる関係だからな」と言われるまで、自分たちがそうだと意識したことはなかった。

馬を並べる関係というのは、「そういう関係になってくれ」と申し込む場合もあるし、気がついたら自然に、ということもあるらしい。

らしい、というのは……実際のところ、本当に「馬を並べる関係」の二人というのはそれほど数が多くはなく、年長の人間の話として聞くしかないからで、ユルーの部族でも、同年代の中にそういう関係の二人は他にいない。

そしてドラーンと、いつから「一対」として扱われるようになっていたのか、ユルー自身にもよくわからない。

ただとにかく、物心ついたときには、ユルーは自分より年上ではあるが、異母兄たちよりはずっと年齢の近いドラーンに、懐き、つきまとっていた。

ドラーンは、十歳になる前に、両親を続けて亡くしている。

その後、叔父《おじ》の一人が面倒を見ていたが、その叔父は貧しく、家に女手もなく、ドラーンは他の家の頼まれ仕事などをして苦労して育ったのだ。

ドラーンの母とユルーの父の先妻が仲のいい従姉妹《いとこ》同士だったということもあり、ユルーの父もドラーンを気にかけていて、後妻であるユルーの母もその事情を知っていた。

ドラーンは寡黙な少年だったが、賢く、頼んだことはきちんとやるし、羊や馬の扱いもうまいというので重宝されていたから食べるのに困ることはなかったが、ユルーの母は「自分で用意したものではなく、誰かが作ってくれた食事を味わうことも必要よ」と、よく自分の幕屋で食事をさせていたのだ。

だからユルーが物心ついたときには、ドラーンは身近にいた。

馬や羊の世話、小刀の使い方、幕屋の手入れの仕方など、ユルーはドラーンがやるのを見て、やがては進んで手伝うようになって、覚えたのだ。

ユルーの部族では、男の子は十歳の誕生日に、父親から自分の馬を与えられる。

その馬を、ユルーの父から相談を受け、選んでくれたのもドラーンだった。

それが「アルサラン」——獅子を意味する名の、ユルーの愛馬だ。

明るい栗毛で、たてがみと尾が金色、四本の脚先が白い、しなやかで敏捷《びんしょう》で美しい馬だ。

群れが山にいるときに、一頭の牝馬がしばらく行方知れずになり、そして仔を宿して帰ってきた。どうやら野生馬の中に紛れていたらしい。

そうして生まれたのがアルサランなので、半分野生馬の血を引いている。

ドラーンが数頭の中から「これがいいと思う」と言ったとき、ユルー自身も、この馬は自分の馬だと確信したし、そのたてがみの色から「獅子」を意味する名前をつけたアルサランは、実際素晴らしい親友になったのだ。

ユルーに最初の馬を選んでくれたそのドラーン自身は、両親を亡くし叔父も貧しく、なんとか自分の稼ぎでフンディを買ったのは、ユルーが馬を貰《もら》ったのと同じ時期だった。

それで、「馬を馴らす」という理由で、二人でよく遠乗りに出かけるようになったのだ。

その頃にはユルーは、自分が他の男たちよりも動物の気持ちがわかるということに気付いており、そしてドラーンも動物を深く理解しているのだとわかってきていた。

次第に、二人が馬の扱いがうまく、群れからはぐれた家畜なども二人が探しに行けば絶対に見つけることができるというので、「ドラーンとユルーに頼もう」ということが増えてきた。

そうやって二人は自然に、一対として扱われるようになっていた。

ユルーにとってドラーンは、幼い頃からずっと、一緒にいて心地いい相手だった。

何も言わなくてもユルーの考えていることをわかってくれる。

ユルーも、ドラーンの考えていることはちゃんとわかる。

親兄弟よりも、一緒にいて寛《くつろ》げるし、嬉しいし、楽しい。

だからいつしか周囲が「あの二人は馬を並べる関係だな」と言い始めたときには、「ああ、これがそうなのか」と思った。

草原の男同士の、特別な関係、特別な絆《きずな》。

まさに、自分たちにぴったりだ。

ドラーンもそう思ってくれているのだと、ユルーにはわかっていた。

「そういえば」

ある程度腹がふくれたところで、ユルーは尋ねた。

「東の方の戦って、どうなったの？」

「まだ小競り合いは続いているようだ」

ドラーンが短く答える。

ここしばらく草原は、これまでにない騒ぎの中にあった。

草原の民と一言で言っても、数十の部族に分かれており、草地や水場を巡って諍《いさか》いは絶えず、部族間の戦はしょっちゅうだった。

ユルーの母もそういう戦のひとつの結果としてユルーの部族に来た人質だが、その後両部族の仲は好転し、今ではユルーの母の実家とも親しく行き来している。

もともとユルーの部族は、恵まれた立地と馬の生産で比較的豊かだから、戦は少ない方だった。

こちらから戦をしかけることはほとんどなく、あっても境界に侵入した近隣の部族を追い払う程度の諍いがほとんどだった。

それでも草原の多くの部族にとっては、戦は生きるために必要なものだと信じられており、あって当然のものだと思われていたのだ。

ところが少し前に、一人の若い族長を戴いた部族が近隣の部族を圧し、「東の国の脅威に対抗するため、草原の民をまとめてひとつの国にする」と宣言し、その後いくつかの戦争と、それよりも数の多い話し合いを経て、気がついたら草原は、その族長を「王」とする、ひとつの国になっていたのだ。

同じ草原の民として、東の国の脅威に力を合わせて立ち向かい、豊かな部族と貧しい部族が助け合い、部族間で問題があれば王の下で話し合いで解決する、という夢にも思わなかった状況が実現した。

だが正直言って、ユルーの部族のように草原の西側に位置する部族にとっては、東の大国の脅威というものに実感が湧かない。

間に草原の部族をいくつも挟んでいるから、東の国の兵など見たこともない、というのが現実だ。

だから族長や部族の主立った男たちは、何度も何度も話し合いを重ねた。

会議が紛糾することもしょっちゅうで、そのために家同士が険悪になったりもした。

しかし最終的に、部族は王の理想を理解し、王の統べる「国」の一員となることを決定したのだ。

だがそういう会議は、ユルーとドラーンが遠くの放牧地にいる季節に行われていたので、二人は馬の群れを放ってまで宿営地に戻って出席することはなく、二人が知らないところでいつの間にか決まっていた感じだ。

東の国の戦にも、ユルーの部族からも兵を出してはいるが、それよりも王に求められて出した馬の数のほうが多いくらいで、ユルーもドラーンも、戦には行かなかった。

だから東の国との戦といっても、ユルーにとっては実感のない噂《うわさ》話くらいのものだ。

「その小競り合いに片がついたら、馬たちはゆっくりできるのかな」

ユルーにとって一番大事なのは、それだ。

戦があって馬を出さなければならないとなると、交配や訓練の予定が狂い、馬たちに負担がかかる。

戦の間だけ貸し出した馬は、一番いい草場でゆっくり休ませてやらなくてはいけない。

売った馬も、有償で良質の遊牧地に預ける習慣があり、ユルーたちはそういう馬の面倒も見ている。

この夏そういう馬が増えるようなら、普段は使っていない予備の放牧地も使う必要があるから、草の様子を見ておいた方がいい。

ユルーがそう考えたとき、ドラーンがぼそりと言った。

「山向こうの草地を、明日、見てこよう」

そう……こんなふうに、自分たちはいつも同時に同じことを考えているのだ、とユルーは嬉しくなった。


夜になると、草原は静かだ。

幕屋の外側を風が撫でていく音だけが聞こえている。

天井には煙出しの穴が開いており、そこから星々が見える。

今夜は月が大きく、その光で幕屋の中までがぼんやりと明るい。

数日ぶりにドラーンと布団を並べて横たわっていると、ユルーは眠たくなるのと反対に、目が冴《さ》えて、むずむずと落ち着かなくなってくる。

暗闇の中でほんのちょっと耳をそばだてれば、呼吸の気配から、ドラーンも眠ってはいないとわかる。

もぞ、とユルーは自分の布団からドラーンの布団に手を辷《すべ》り込ませた。

待ち構えていたように、ドラーンの手がユルーの手を握る。

節の太い、大きな手。

ドラーンの名前は「温かい」という意味だが、ユルーはこの手こそがまさに、ドラーンの名前どおりのものだ、と感じる。

指を絡ませ合い、きゅっとユルーが手に力を込めると、ドラーンも握り返してくれる。

「……ドラーン」

ユルーは甘えるようにそう言って、もぞもぞと、ドラーンの布団の中に潜り込んだ。

ドラーンは布団を持ち上げ、ユルーを迎える。

ドラーンの腕に包み込まれ、すでに熱を帯び始めている身体をドラーンの身体に擦《こす》りつけるようにすると、ドラーンの手がユルーの身体をまさぐった。

掌《てのひら》が膝のあたりから脚の間に潜り込み、腿《もも》の間を上がってくる。

「あ」

下着の上から、指が軽くユルーの性器に触れた瞬間、そこがむくりと体積を増した。

ふ、とドラーンが笑った気配。

ユルーの反応が早すぎると思っているのだろう。

「だって」

ユルーは思わず小声で言った。

「一人でしちゃったらもったいないと思って我慢してた……ドラーンにしてもらうほうがずっと、いいから」

思わず言い訳めいたことを口にしながら、ドラーンのほうはどうなのだろう、と手を伸ばしてみる。

ドラーンのものはまだおとなしいように思えたが、布の上からやんわりと握り、数度上下に擦ってみると、たちまち力を持った。

ドラーンが身じろぎし、手探りでユルーの下着の紐《ひも》を解《ほど》く。ユルーも同じようにドラーンの下着の紐を解こうとしたが、どういうわけかがっつり固結びになっていて、なかなか解けない。

その間にもドラーンの手が再びユルーの性器を握り、ゆるゆると扱《しご》きはじめる。

このままだと、自分だけ先に突っ走ってしまう。

「……も、うっ」

焦《じ》れたようにユルーが言うと、ドラーンが小さく笑った。

「ちょっと、離せ」

そう言ってユルーの手を押しのけ、固い結び目を手早く解くと、自分のものとユルーのものを、その大きな手で一緒に握った。

「あ……っ」

ユルーは思わず甘い声をあげた。

ドラーンの手の感触と……ドラーンの熱い性器の感触。

両方を感じて、腰の奥にどろりとした熱が生まれる。

こういう行為はもう何度したかわからないのに、毎回ユルーを興奮させる。

ドラーンは二人のものを握り込んだまま、親指の腹でユルーの先端を擦った。

「んっ……んっ」

ぞくぞくとした快感に声を震わせ、ユルーはドラーンの胸に額を押し付ける。

ドラーンは刺激を受けてわずかに開いたユルーのものの割れ目に指先を押し込み、溢《あふ》れ出したものを、二人の性器に擦り付ける。

それを何度も繰り返すと、急速にドラーンの手の辷りがよくなり、次第にぬちぬちと濡《ぬ》れた音が響きはじめる。

こんなにたくさん、溢れてしまっている。

そう思うとユルーは恥ずかしく、恥ずかしいと思うことでさらに身体が熱くなる。

ドラーンはどこをどうすればユルーが気持ちよくなるのか、知り尽くしている。

そもそもユルーの、朝起きたときに下着が汚れている以外の……意識的なはじめての射精も、ドラーンの手の中だった。

今のように隣に寝ていて、夜中に、どうにもむずむずして無意識にそこに手をやって弄《いじ》っていたら手の中で性器が膨らみ、呼吸が速くなっているのをドラーンに気付かれまいと身体を硬くしていたら……ドラーンが「どうした」と尋ねたのだ。

草原の民にとって家畜の交尾は身近なものだし、人間同士の営みもそれに類したこととしてわりあい開放的に語られるが、それでも自分の身体に起きることは「秘め事」であって、恥ずかしい。

しかしドラーンは「ああ」と気付いたようで、ユルーの身体を背後から抱き込むようにして、ユルーの性器を、ユルーの手ごと、自分の大きな手に握りこんだ。

そのときのことを、ユルーは忘れられない。

ドラーンはむしろ淡々と「処理」してくれたのだが、包皮を剝《む》き下ろされたときの痛みと、それに続く快感、そして達した後の甘やかな満足感は、衝撃的ですらあった。

それ以来……自分ですることを覚えてからも、ドラーンにしてほしい、という様子を見せればドラーンは応じてくれ……そして、自分たちが「馬を並べる関係」と言われるようになってからは、かすかに抱いていた罪悪感のようなものもなくなった。

自分たちは、こういうことをしていい関係なのだ。

年齢が同じくらいの「馬を並べる」二人なら互いに欲求を解消するだろうし……ユルーとドラーンのように年齢の違う二人なら、年上の男のほうが年下の男を性的にも導くことは、当然のことだ。

とはいえ、恥ずかしさがなくなったわけではないし、その恥ずかしさが、快感を煽《あお》るのも確かだ。

そして興奮しているのが自分だけでなく、ドラーンのものも固く芯を持ってそそり立ち、浮き出した血管までを自分の性器で感じ取れるような気がするのが、嬉しい。

「んっ……ん、くっ……っ」

全身が総毛立つようなぞわりとした感覚とともに、身体の奥底から湧き上がってきた熱が出口に向かって押し寄せるのを感じ……

「あ……っ」

ユルーはのけぞるように身体を強《こわ》ばらせた。

びゅく、と先端から飛び出したものをドラーンの掌が蓋をするようにして受け止める。

そのままドラーンは、自分の怒張と、ユルーの芯を失いつつあるものを、ユルーの放ったものを塗りつけるようにさらに数度扱き——

「……うっ……っ」

小さく呻《うめ》くのと同時に、ドラーン自身も大きく脈打って、精を放つ。

「あ……」

ユルーは思わず、まるで自分がもう一度達したかのように身を震わせた。

暗闇の中での、荒い息、上がった体温、湿った肌、すべてが気恥ずかしく、そして嬉しい。

こうしてドラーンと「秘め事」を共有できるのが嬉しい。

ドラーンの手が手近な布を探り寄せて、べたべたになった二人のものを拭ってくれる。

ユルーが自分の下着を引き上げ、紐を結ぶと、後始末を終えたドラーンが無言でユルーの身体を抱き寄せ、眠る体勢に入る。

ユルーは気怠《けだる》い幸福感に包まれながらも、頭の片隅で「今日もここまでだった」と考えていた。

馬を並べる関係の二人は、身体を重ねる場合もままある……と、聞いている。

身体を重ねる、それはドラーンのものを自分の中に受け入れることだともわかっている。

だが二人はまだ、そうやって身体を繋げたことはない。

ドラーンがユルーを手でいかせてくれる、または今のように、二人で一緒にいく、ごくまれにユルーがねだって、ドラーンのものをユルーのほうが愛撫《あいぶ》することもあるが、そんな場合はたいていユルーのほうも興奮してしまい、ドラーンの手でユルーのほうが先に達してしまう。

それだけと言えばそれだけで、ユルーとしてはそれでもじゅうぶん満足だし、幸福なのだが、それでも「まだ先がある」と思うと、焦れるような気持ちもある。

一度「ねえ、最後までしないの？」と尋ねてみたことがあるが、ドラーンは苦笑して「そのときが来たら」とだけ答えた。

そのときとは、いつのことだろう。

ドラーンはいつ、そういう気持ちになってくれるのだろう。

その一線を越える二人と、越えない二人の違いはなんなのだろう。

ドラーンがそんな気持ちにならないのは……ユルーに何かが足りないからだろうか。

自分が子どもっぽいから?

十八歳は立派な大人だとも思うが、それでもユルーの中に大人になりきっていない部分があって、それでドラーンはそんな気持ちにならないのだろうか。

それでも……

いずれ、自分たちにもそういうときがくる、馬を並べる関係の二人として、最後の一線を越えて、すべてを分かち合うときは必ず来るのだと、ユルーは疑うことなく、そう信じている。

ドラーンの寝息が深くなるのを感じ、ユルーは余計なことを考えるのはやめ、ドラーンの胸に頬を押し付けると……

そのまま、優しく深い眠りの中にゆっくりと入っていった。


チャガンが、南東の方を向いて吠えはじめた。

柵の中の羊たちがその声の中に危険を感じたらしく、そわそわしだす。

馬の手入れをしていたドラーンとユルーは、顔を見合わせた。

「誰か来るな」

「チャガンの吠え方だと、少なくとも一人は、部族の誰かだ」

ユルーは言った。

草原の犬は、毛がふさふさしていて鼻面が短く、身体が大きい。

番犬として優秀で、飼い主には無限の愛情を捧《ささ》げるが、敵には容赦がない。

幕屋ひとつに一匹の犬がいると言われるほど犬の存在は普通だが、鼻面が黒いのが特徴のチャガンは、特別優秀な犬だとユルーは思う。

しかし周囲の人間は、チャガンを優秀な犬にしているのはユルー自身だ、と言う。

ちょっとした吠え声の違いで、チャガンが何に対して吠えているのか、ユルーは正確に察することができる。

子どもの頃は、それは当たり前のことだと思っていたのだが、成長するにつれ、自分は動物の気持ちがよくわかる特別な力を天から授かったのだと気付いた。

今のチャガンの吠え方は、警戒と単なる注意喚起、半々に聞こえるから、知っている人間と知らない人間の両方が来ると思ったのだ。

「あれだな」

ドラーンが遠くを見つめて呟《つぶや》き、すぐにユルーの目にも、砂埃が見えた。

「二頭だね」

「二人連れか。チャガンを」

ドラーンの言葉に頷いて、ユルーは吠え続けるチャガンに歩み寄り、頭を撫でた。

「大丈夫、もうわかった」

チャガンは吠えるのをやめたが、頸の後ろの毛はまだ逆立っている。

二人連れは徐々に近付き、片方はやはり部族の、年配の男だとわかった。

もう一人は見知らぬ男。

草原の服装だが、頭に布を巻き付けているのが異国風だ。

草原には、女たちが蚕《かいこ》の繭《まゆ》のように頭を布で覆う風習がある部族もあるが、それとは違う横に平たく膨らんだ巻き方は、山々を越えた西の方の男に見られるものだ。

山を越える街道沿いに行き来する行商人が宿営地に来ることは時折あるから、そういう人だろうか、とユルーは思う。

「ドラーン、ユルー」

部族の男が近くまで来て馬を止め、片手をあげて二人を呼んだ。

白髪が交じった四十がらみの、部族でも指折りの剣の名手である、どっしりとした男だ。

「チヒラ」

ドラーンが相手の男の名を呼んで進み出ると、チヒラはひらりと馬から下りて、ドラーンと肩を叩《たた》き合う。

「客を連れてきた」

連れの男を振り向くと、男もすとんと自分の馬から下りた。

年の頃はドラーンよりも少し上……三十手前くらいだろうか、着ている服は立ち襟の草原風のものだが、頭に無造作に巻き付けた布から明るい色の髪が零《こぼ》れていて、瞳の色も薄くて、しかし顔立ちそのものは草原の民のものという、不思議な感じの男だ。

「こちらはムラト、馬の仲買人だ。うちの部族の馬を何頭か欲しいそうだ。ムラト、これがドラーン、あちらがユルー」

ムラト、という名前も草原のものではなく、どこか異国風の響きだ。

「宿営地で噂を聞いた」

ムラトと紹介された男が、白い歯を見せてにっと笑う。

「若いが、いい馬を育てる名人だそうだな。よろしく頼む」

ドラーンに向かって片手を差し出す。

ドラーンが同じように自分の手を出し、「ドラーンだ」と名乗って軽く握り合ったのを見て、ユルーは思わず目を丸くした。

あれは、どういう意味なのだろう。

そのユルーの方を向いて、ムラトが同じように手を差し出す。

「こっちがユルー？　ムラトだ」

「ええと……？」

ユルーが思わずドラーンを見ると、ドラーンが口を開く前にムラトが言った。

「ああ、西のほうではこういう挨拶をするんだ、お互いに、武器を持つ右手に何もない、敵意がないということを示す」

ユルーは驚いて、ムラトが差し出した手を見た。

草原の国々では、肩を抱き合うのが挨拶だ。部族ごとに領地が分かれてはいるが、言葉も習慣もほとんど一緒だ。

このムラトという男は、言葉こそ草原の言葉だが、服装や習慣に、見知らぬ異国のにおいがする。

そしてドラーンが、この挨拶を知っていたらしいことも驚きだ。

「じゃあ」

ユルーがそう言って自分の右手を差し出すと、ムラトはその手をぎゅっと握ってから、悪戯っぽく片目を瞑《つぶ》ってみせた。

「とはいえ、実は俺は左利きなんでね、右手を握ったまま、左手で小刀を取り出すこともできるんだけど」

そう言いながら左手を、帯にたばさんだ小刀のほうに伸ばしかけた瞬間、

「おい」

ドラーンが険しい顔で、ユルーの身体を後ろに引っ張るようにして、ムラトとの間に割り込んだ。

同時に、犬のチャガンが唸《うな》り声をあげる。

「おっと、冗談だよ」

ムラトがぱっと、ユルーの手を離し、ユルーは慌ててチャガンを押さえた。

「握手を知らない人と挨拶するときの、定番の冗談だ」

ムラトが苦笑し、

「ドラーン」

ユルーは、チャガンを座らせてから、ドラーンの腕に手をかけた。

「僕にはわかったよ、小刀の柄の向きを見れば、この人が右利きなのはわかるよ」

ムラトの帯に挟んである小刀は、草原の男なら誰でも帯に挟んでいるわずかに湾曲したもので、左右がちゃんと決まっている。

ドラーンはじろりと、そのムラトの小刀に目をやり、

「笑えない」

ユルーとムラトの間に立ちふさがったままむっつりと言った。

「おいおい」

様子を見ていたチヒラが、宥《なだ》めるように口を挟んだ。

「馬を見に来た人なんだ、仲良くやってくれ。あんたも、冗談は通じる相手にだけにしてくれ、頼むよ」

「悪かった」

ムラトはあっさりと謝り、さっと辺りを見回す。

「それで？　商談の前に、茶を振る舞っては貰えないのかな？」

その明るい口調に悪気がないのはユルーにはすぐわかった。

そして、客人をまず茶でもてなすのは、当然の礼儀だ。

「どうぞ、幕屋の中へ。チャガン、だめ、伏せ」

ムラトが動いた瞬間、また唸って起き上がりかけたチャガンを制す。

「一応、繋いでおくね」

ユルーがチャガンの首輪に手をかけながらそう言うと、ドラーンは無言で頷き、チヒラとムラトを幕屋に招き入れた。


「なるほど、聞いた話は本当だったんだな」

ユルーが馬の背に跨がって歩き方の癖を確かめているのを、石の上に腰を下ろして見ていたムラトが感心したように言った。

「こうやって見ている間にも、そいつの歩き方が滑らかになっていくのがわかる」

ユルーが乗っているのは、ムラトが乗ってきた馬だ。

ムラトは荷運びに使う丈夫な荷馬を数頭と、儀式用の姿がよくおとなしい馬を求めに来たということで、ドラーンは手始めに一番近くにいる群れを呼び戻しに出かけた。

チャガンもドラーンと一緒に行き、チヒラは宿営地に戻っていった。

留守を守るユルーにムラトが、歩き方に癖がついてきた自分の馬を見てもらえるかと頼み、ユルーは跨がって少し歩いてみて、すぐにその癖がついた理由に見当がついた。

「右後ろ足に怪我《けが》をしましたか？」

ユルーが尋ねると、ムラトが驚いたように頷く。

「ああ、矢傷を受けた」

「たぶん、怪我のあと休ませる時間がなかったんでしょう、それで庇《かば》って歩いているうちに癖になったんです。でももう傷は治っているから、意識してこうやって、右後ろが遅れないように脚で指示してやれば、すぐに癖は取れると思いますよ」

ユルーはそう言ってムラトの前で馬を止め、優しく馬の首筋を叩いた。

「ね？　もう、普通に歩いても痛くないってわかっただろう？　そのほうが腰にも負担がかからないから楽だって」

馬はユルーの言葉を理解したかのように、上下に大きく首を振る。

「たいしたもんだ。あんたは、馬と会話できるのか」

ムラトの言葉にユルーは苦笑した。

「そうじゃないですけど、ただなんとなく、気持ちがわかるんです。馬のほうもたぶん、そんな感じなんじゃないかと」

馬から下りると、馬は自分の歩みを確かめるかのように、てくてくと周囲を歩き始める。

「あの」

ユルーは、ムラトに尋ねた。

「さっき矢傷って言いましたけど……もしかして、大きい戦に行ったんですか?」

「ああ、例の、東の国との一番最近の」

ムラトは軽い調子で答える。

ということは、異国風のなりをしてはいるが、やはりムラトも「草原の人間」なのだ。

西から来る行商人が草原で妻《めと》を娶って居着く場合もあるというから、ムラトの親もそうなのかもしれない。

「東との戦って、草原の部族同士の戦と違うんですか? 東の民って、どんな人たちなんですか?」

ユルーの部族にもその戦に行った人間はいるが、主に後衛で負傷者を運んだり、馬や武器の入れ替えをする位置にいて、最前線に出た者はいない。

ユルーにとって、草原の民ではない大きな敵との戦というのはどこか遠く知らない世界の話のようだが、興味はもちろんある。

「違うって言えば、何もかも違うな。言葉も服装も、考え方も、武器も、戦のやり方も」

ムラトは答えた。

「俺も、半分は草原、半分は西の砂地の国の血を受けているから、二つの民を知っていることになるが……東の国はそのどちらとも、ずいぶんと違う。一番違うのは、彼らが農耕の民で俺たちほど家畜に思い入れがないことかもしれないな。何しろ草原の部族を襲ったあと、羊を全部殺しちまうんだ、あれは理解できない」

「羊を……殺す⁉」

ユルーは驚いて尋ね返した。

「大勢でやってきて、一度に全部の羊を食べてしまうってことですか？」

「全部は食べない、少しは食べるのかもしれないが、毛を取るわけでもなく、ただ殺してその場に残していく。たぶん、ただの嫌がらせだろう、他に理由を思いつかない」

ムラトはそう言って肩をすくめた。

「一番恐ろしいのは、そんなふうに、考えていることが理解できないことだな。言葉はもちろん覚えれば通じるし、国境沿いでは通婚もなくはないが、何しろ東の国は恐ろしく広くて、東の民同士でも言葉が通じなかったり、考え方が違ったりするらしいから」

ユルーは驚いてムラトの言葉を聞いていた。

言葉が通じても、考え方が違うから理解できない……草原の民が戦っていたのは、そんな相手だったのか。

「ああ、でも」

ムラトが少し口調を変える。

「そういう東の民と、少しずつでも理解し合えるようになりたいという進言もあって、王もその可能性を考えているようだ。そういうところがあの王のすごさだな」

「ムラトは、王を見たことがあるんですか⁉」

思わずユルーは尋ねた。

短い期間に、対立し合っていた草原の部族をまとめてひとつの「国」にしてしまった若い王のことは、もちろん何度も耳にし、興味を持っている。

ムラトの口調からは、どこかその王を直接知っているような感じがする。

ムラトは肩をすくめた。

「まあ、何度か。まだ若いというのに、ずっと西のほうの、何代にもわたって民を支配している太守よりもずっと威厳と迫力があったな」

「すごい……！」

ユルーは思わず感嘆の声をあげた。

半分、西にある砂地の国の血を受けているというだけあって異国のにおいのするムラトだが、噂の的の草原の王を見たことがあり、今の言葉だと、西の国の太守とやらも見たことがあるのだろう。

「あなたは、ずいぶんいろいろなところにいって、いろいろなものを見聞きしてきたんですね……！」

ムラトはちょっと照れくさそうに笑う。

「まあ、な。父親は西の生まれで根無し草の旅商人だった。俺自身は母親の部族の一員として育ったから戦があれば草原の民として部族のために戦うが、父親似でひとところに留《とど》まっているのは苦手なんで、普段は馬の買い付けだけでなく、いろんなものを売り買いしてあっちへ行ったりこっちへ行ったりだな」

西の砂地の国と、草原を行き来している男。

ドラーンと二人、草原で変化のない毎日を送っているユルーにとっては、想像もできない生活だ。

戦のこと、王のこと、東の民のこと、西の国のこと、聞いてみたいことがいろいろある。

馬の買い付けに来た者は、普通少なくとも半月は滞在してゆっくりと馬を吟味し、それから宿営地に行って、族長と値段の交渉に入る。

その間に、いろいろな話を聞いてみたい。

「西の国って……」

そう言いかけたとき、ユルーはふと風に変化を感じた。

はっとして北の山の方角を見ると、手前のなだらかな斜面の向こうに、かすかな土埃が見える。

「あ！　ドラーンが戻ってくるみたいです。お茶の用意をしておかないと」

今から湯を沸かせばドラーンが帰り着くまでにちょうど間に合うと思い、ユルーが天幕のほうに戻ろうとすると……

「ああ、まだ大丈夫だよ」

ムラトが言った。

「ドラーンが戻ってきたら連れてきた馬をゆっくり見せてもらうから、その間にお茶の用意はできるんじゃないか？　それより、今何か尋《き》きかけただろう？　何？」

畳みかけるように言われて、それもそうかな、とユルーは思った。

今日飲むのに足りるだけのお茶は、やかんで濃く煮出してあるから、必要なのはそれを薄めるための湯を沸かす時間だけだ。

ムラトが、自分が座っている石の傍らに手招きしたので、ユルーはそこに腰を下ろした。

だが、何か尋ねかけたのはなんだっただろう。

「ええと……何か、西の国の話を聞きたいと思って……」

ムラトは人好きのする笑みを浮かべる。

「いいよ、なんでも話すよ。たとえば、西の民の服装とか習慣とか……たとえば、俺のこの頭に巻いた布は、どういう意味か知ってるか？」

そう、ムラトを見たとき、まず草原の民と違うと思ったのは、それだった。

「何か意味があるんですか？」

「この布は、解くと身体を包めるくらいの長さがあるんだ」

ムラトは横に垂れている布の先をちょっと摘まんで持ち上げてみせる。

「旅先で死んだら、この布に身体を包んでもらう。そのための布だ」

ユルーは驚いて目を丸くした。

「そんな準備を……日頃からしているんですか⁉」

「それくらいの覚悟で、旅に出るってことだが、そんな悲壮なもんじゃない。死に装束の準備をちゃんとして出かければ、出かけた先で死ぬようなことはないって、まじないとかお守りみたいなもんだな」

そういうことなのか。

服装ひとつ取ってみても、その裏には、草原の民とは違う考え方があるのだ。

さきほど聞いた、戦で家畜を殺してしまうという東の民も、考え方が違う。

そんなに違う人々と、草原は国境を接している。

そういう、草原の民と違う人々の話を、ユルーはもっと聞きたい、知りたいと思う。

「他には、どんなことが違うんですか？」

「そうだな、同じく服装のことで言うなら、西の女たちは頭から布を被《かぶ》って顔を覆う。西は砂漠の国で、街にもしょっちゅう砂嵐が来るから日差しと砂をよけるためだ。街では男たちも布を被って裾の長いゆったりした服を着ていることが多い。俺のようにほっつき歩いている男は、そんなぞろぞろした服装じゃ動き回れないから着ないけど」

そもそも「街」とはどんなものだろう。

王が「王都」と定めた場所に大きな幕屋を連ねて、「移動しない宿営地」のようなものにしているという噂は聞いたが、そういうものなのだろうか。

ユルーの脳裏に、えんえんと連なる幕屋の間を、頭から大きな布を被って人々が行き交う様子が浮かぶ。

頭から布を被って行き交う人々は、知り合いに会ったときに相手がわかるのだろうか。

「みんな、同じような布を被っているんですか？」

「そうだな、でも女たちは裾に飾りをつけたり刺繍をしたりするから、並ぶとなかなか華やかだ。俺の父が結婚のときに母に豪華な布を贈ったんだが、母は被るものと知らずに幕屋の壁掛けにしてしまったんで、父が驚いたらしい」

父親が西の国の人間で、母親が草原の民。

ムラトの中では、そういう二つの国の習慣や考え方が共存しているのだろうか。

聞けば聞くほど、もっと聞きたい、知りたいと思えるのは、ムラトが話し上手だからだ。

夢中になってムラトの話を聞いていたユルーは、すぐ近くで犬のチャガンが吠えたのではっと我に返った。

ドラーンがもうすぐそこにいる。その背後には、二十頭ほどの馬の群れ。

「あ！」

ユルーは慌てて立ち上がった。

もっと早く、ドラーンの姿が見えたら駆け寄って迎えたかったのに、ムラトの話に夢中になってしまった。

「ドラーン、お帰りなさい！」

ドラーンのもとに駆け寄ったときには、ドラーンはもう馬のフンディから下りていたので、フンディの鼻面を撫でてやる。

「群れはすぐ見つかった？　狼の足跡はなかった？　お腹すいてない？　すぐにお茶の用意をするね、ムラトが馬をゆっくり見たいって」

いつものようにユルーが矢継ぎ早に言葉をかけるのをドラーンは黙って聞いていたが、最後の言葉にぴくりと眉を動かし、ユルーの背後に立っていたムラトを見る。

「もとより、ゆっくり見てもらうつもりだ。こっちへ」

普段から決して流ちょうに話すほうではないドラーンだが……どこか……なんとなく……不機嫌な感じがするのは気のせいだろうか？

途中で何かあったのだろうか？

思わずドラーンを見つめるユルーのほうは見ずに、ムラトに向かって、ドラーンはくいっと顎《あご》を動かした。

そのまま黙って馬の群れのほうに歩いて行くのを、ムラトが軽い足取りで追いかける。

すぐにチャガンが低く唸り声をあげてムラトを追おうとしたので、ユルーは慌てて首輪を摑んだ。

「だめ！　ムラトはお客さん！」

見知らぬ人間を警戒するのは番犬の性《さが》だし、ムラトは半分とはいえ草原の民ではないのでチャガンの警戒はなかなか解けないのだろうが、万が一にもムラトに嚙みつくようなことがあってはならない。

ユルーはまだ唸っているチャガンの顔を両手で自分のほうに向かせ、視線を合わせた。

「いい？　あの人は大事なお客さま。唸らない、牙を出さない、嚙まない」

嚙んで含めるようにそう言うと、チャガンは唸るのをやめたが、瞳にはなんとなく不満そうないろがある。

「まあ、ね」

ユルーは苦笑した。

「それだけお前が優秀な番犬だってことはわかってるよ」

ぽんとチャガンの頭を叩いてから幕屋に向かうと、チャガンはムラトを連れたドラーンのほうを一瞬迷うように見てから、とことことユルーに続いた。

ムラトが言ったとおり、お茶の用意ができた頃合いに、ドラーンとムラトが戻ってきた。

「ちょうどよかった、お茶が入ったところ」

ユルーがドラーンに笑いかけると、ドラーンは頷く。

幕屋の中の、居間にも使うし夜になれば寝台ともなる、一段高くなった場所に三人向かい合うように座り、ドラーンもムラトもそれぞれに、懐から椀を出した。

何があろうと自分の木の椀を懐に入れて歩くのは草原の民のならいで、茶も食事もその椀ひとつを使う。

最初にムラトに茶を振る舞ったときにムラトの椀が新しくあまり使い込んでなさそうなのに気付いていたのだが、もしかしたら今ムラトから聞いていた、西の国の風習と何か関係があるのだろうか、とユルーはふっと思った。

「ムラトの椀って……」

「あ、やはりわかるか」

ムラトがにっと笑う。

「西の街にいるとあまり使わない。前のはうっかり街に置いてきてしまったんで、この仕事の前に新しく買った。おふくろが生きていたら怒っただろうな、草原で仕事をするのに椀も持たずに来るなんて」

それでは、草原の人間だというムラトの母はもう亡くなっているのだ。

ユルーはムラトの椀に茶を注ぎながら尋ねた。

「西の人たちは、じゃあ、誰かの幕屋を訪ねてお茶を飲む時はどうするんですか？」

「幕屋……は、あまりないな。訪ねるのは石でできた家だ。で、茶は、その家の椀で出される。磁器の、薄いやつが多いな」

草原では他人の椀を借りるというのはよほどの粗忽者《そこつもの》がすることで、他人の使い古しの椀を借りるのもなんだか不潔なような気がするのだが、磁器の椀というものだとそうでもないのだろうか。それに……

「お客が多かったら？　椀が足りなくなったりは？」

「客が多い家は、椀だけじゃなくて皿とかも、一通り用意してあるものだ」

ユルーの脳裏に、棚一杯にぎっしり並んだ椀が思い浮かび、なんだかくらくらする。

移動のたびにそれを荷造りするとして、椀を運ぶためだけに馬が一頭必要なのではないだろうか。

いや、石やれんがの「家」に住んでいれば、幕屋のようにそうそう移動したりはしないということか。

「西の人は……」

家を移動したりしないのですか、と尋ねかけたとき。

「馬のことだが」

黙って自分の椀から茶をすすっていたドラーンが、遮るように声を出した。

その声にわずかに……ほんのわずかにだが、苛立《いらだ》ったようないろがある。

そうだ、ムラトは馬の買い付けに来ていて、仕事の話をしなければいけないのに、異国の話が珍しくてついつい夢中になってしまった、とユルーは恥ずかしくなって口をつぐんだ。

「ああ、そう、さっきのあの、ジョローの三歳馬だけど」

ムラトはごく自然にドラーンに頷き、話題を変える。

「できれば対で使えそうなのがもう一頭いるとありがたい」

「対というのは儀式用か、毛色を揃《そろ》えたいのか」

ドラーンが尋ねる。

「いや、毛色よりもむしろ歩調だな、腰骨の高さが合っていると、なおいい」

買い付け人にも、馬を見る目がある人間とそうでもない人間がいるが、ムラトはなかなか目が高いし、目的に適《かな》う馬をちゃんと理解しているようだ。

そしてムラトが言っている馬がどれのことだか、ユルーにもすぐ見当がついた。

「ドラーン、あの長星と対にするなら、ガルダの群れの茶黒がいいんじゃない？」

放牧地の馬はいくつかの群れに分けられていて、群れを率いる牡にだけ名前がついている。

他の馬は、持ち主が決まったらその持ち主が名前をつけるべきであり、それまでは毛色など、特徴で呼び分けている。

ムラトが気に入ったらしい馬は、鼻面に白く長い星があるので、長星。

ユルーが対にしたらいいと思った馬は、茶と黒が微妙に入り交じっている毛色だから茶黒だ。

「……そうだな」

ドラーンは少し考えて、頷いた。

「ガルダの群れなら黒斑もいいかと思ったが、確かに茶黒のほうが、長星との相性もよさそうだ」

ドラーンも同じ考えでいることが、ユルーにはいつものように嬉しい。

「ガルダの群れは遠いよね、今どのへんにいるかな」

若い馬の数、ガルダの好みなどを考え、西の山を二つ越えた湖のあたりかなとユルーが考えていると、やはりドラーンも同じように考えたようで、

「湖の南か」

短くそう言ってまた考え込む。

ムラトの注文は意外に難しく、慎重な選定を必要とするものなので、この場で決めてしまうわけにはいかない、他にも候補の馬を数頭選ぶべきだと考えているのだろう。

「その前に明日、まず近い群れから何頭か連れてくるか」

ドラーンがそう言って、ムラトを見た。

「それとも、一緒に行って向こうで見るか」

ムラトはユルーにちらりと視線を向けてから、ドラーンに首を振る。

「足手まといになってもいけないし、ここで待つよ」

「そうか、じゃあ」

ドラーンがユルーを見る。

「明日は、頼む」

今日はドラーンが出かけたから、明日はユルーの番だ。

二人はだいたい、そういうふうに仕事を分担しているので、ユルーは頷く。

「わかった、ホランの群れに二頭ばかり心当たりがあるから連れてくるね」

「え……ああ、そういうこと？」

ムラトが驚いたように瞬《まばた》きし、ドラーンの瞳に、ちらりと笑いが走ったのを見て、ユルーは驚いた。

なんだろう……ドラーンがこんなふうに意味ありげな笑いを浮かべるのは珍しい。

「それで、荷馬のほうだが」

ドラーンはしかし、すぐにいつもの淡々とした口調で話を続け、

「ああ、そう、そっちは頑丈なら難しい注文はないんだ」

ムラトがすぐに応じる。

二人の今の一瞬の視線のことを、ユルーもすぐに忘れて話の中に入った。


草原の商談は、西の商人同士よりも手早いとムラトは言うが、それでも慎重に、時間をかけて馬を選ぶのは普通のことで、十頭ほどの馬が近くの群れから連れてこられるまでに五日ほどを要した。

ユルーが出かけて戻ると、次はドラーンが出かける。

ユルーはムラトから西や東、そして草原の都の話などを聞くのが楽しく面白いと感じ、ムラトもユルーが興味を持ちそうな話をいろいろとしてくれる。

草原では、遠くから訪れる客人がさまざまな話題を持ってきてくれるのが楽しみなものだが、ムラトの話はまた格別だとユルーは感じる。

そしてユルーが出かけて、ムラトがドラーンと一緒に残ったときは、淡々と必要な仕事の話だけをしていたのだろうか。

その日も、ムラトはユルーが一頭の馬をジョローにする訓練を施しているのを、石に座って見物していた。

「なるほどなあ」

囲いの中で、右前足と右後ろ足をゆるく紐で繋がれて最初は戸惑っていた馬が、次第に慣れてきてのんびりと草を食《は》みながら歩き始めたのを見て、ムラトが感心する。

「人間が左利きを右利きに直すようなものなんだろうけど、そういう人間だって、とっさのときにはもともとの利き腕が出てしまうものだが」

「もちろん、そういうこともありますよ」

ユルーはゆっくりと馬から離れて、ムラトの傍らに腰を下ろした。

何かあればすぐに馬のところに行けるよう、視線は離さない。

「だから、あまり急いで、焦って訓練しちゃだめなんです。こうやってのんびり、ただ歩かせる時間を長く取らないと。走らせるのはまだまだ先です」

「本当に、馬のことはなんでも知っているんだな」

ムラトの言葉に、ユルーは思わず首を振った。

「僕だって、まだまだわからないことがたくさんあります。ドラーンと二人揃ってはじめて一人前の仕事をしている、っていう感じですよ」

「確かに、あんたたちは、お互いに足りないところを補い合っていい仕事をしてるって感じだけど」

ムラトはそう言って、ユルーを見た。

「あんたは、ドラーンのことをとても好きなんだな」

ユルーは頷いた。

「はい」

「そして、ドラーンのことをよく知っている」

そう言われると、ユルーは嬉しい。

「はい、そうだと思います」

「だが」

ムラトは意味ありげに続ける。

「知ってはいるが、わかってはいない……と、俺には見えるけど」

「え？」

思いがけない言葉にユルーははっとした。

どういう意味だろう。

「知っていると……わかっているは、違うんですか？」

ムラトはそれには答えず、さらりと尋ねた。

「あんたたちは、馬を並べる関係なんだろ？」

ユルーは一瞬驚いたが、部族の者なら誰でも知っていることだし、別に他人に隠すようなことでもないので、頷く。

ムラトが見てそうとわかるのなら、なおさらユルーがドラーンのことを「わかっていない」というのはおかしい、と思いながら。

するとムラトは、真顔でユルーを見つめた。

「俺も、馬を並べる関係の二人ってのを実際に知っているし、そういう二人を見ていると、いいものだなって思うけど……あんたたちのは、何か違う気がするんだよね」

「違うって……？」

ユルーは戸惑うばかりだ。

何がどう違うというのだろう。

ムラトはわずかに首を傾《かし》げる。

「なんというか、対等じゃない」

「え」

ドラーンと自分が、対等ではない、などと言われるのは心外だ。

放牧地の仕事だって二人で、互いの得意なことを生かしつつ、平等にやっていると自負している。

年は確かにドラーンが上だが、ドラーンがその年の差を振りかざすこともないし、ユルーだって臆したり遠慮したりなどしない。

ユルーは言いたいことはなんでも口に出すし、寡黙なドラーンが言いたいことを悟ることができるから、二人の間に気まずい雰囲気が生じたこともないし、喧嘩《けんか》をしたこともない。

「そんなこと、ないと思います。僕とドラーンは対等で、上下関係なんかない」

思わず強い口調で言うと、ムラトは笑って首を振った。

「上下関係なんて言ってない。どっちかっていうと、保護者と被保護者の関係だな」

保護者と被保護者……？

当然、ドラーンが保護者で、ユルーが被保護者のほうだと言っているのだろうが、ユルーには心外だ。

確かに……夜に寝床の中で甘えるのはユルーだが……普段はむしろユルーのほうがドラーンの望みを先回りして世話を焼いているほどだと思っている。

いや、世話を焼くのは「保護」とは違う。

それでも、子どもの頃はともかく今は違う、とユルーは思うのだが……

ムラトは口調を変えずに続ける。

「俺も、短い間ここにいるだけのただの客だ。俺が言ったことなんて気にせず忘れてしまいたければそうすればいいし、怒りたければ怒ればいい」

それは決して挑戦的ではなく、しかし思わせぶりな感じで、気にするなと言われても気にしないほうがどうかしている、と思わせる。

「怒りは……しません。でも僕には、あなたの言うことが、わからない」

「わからなきゃ、わからないってことだ」

ムラトはそう言って、立ち上がった。

「あんたはドラーンしか知らない。広い世界に、他にどれだけの男がいるか……その中からたった一人の相手としてドラーンを選んだわけじゃないだろう？　俺があんたに忠告できることがあるとしたら、もっと広い世界を見て、本当に馬を並べる関係というのがどういうものか見た方がいい、ってことかな」

大勢の中から一人を選ぶ……？

族長の娘の婿取りではあるまいし、馬を並べる関係というのはそういうものではない、とユルーは思うが、それでもムラトの言葉に、心の底がざわついた。

ドラーンのほうはどうなのだろう。

ドラーンがたとえば、もっと恵まれた家庭で育っていて、財産もあって、交友関係も広く、近隣の部族のもとへ頻繁に仕事で出かける用事があって……という境遇だったら、ユルー以外の友人などが大勢いる環境だったら……？

そんなことはこれまで、考えたことがなかった。

ドラーンは自然にユルーの側にいて、ドラーンもユルーと同じように、生まれついた境遇以外の自分など考えたことがなかった……と、ユルーは思っていた。

だが、財産がない以外は草原の男としてのすべての能力を備えているように思えるドラーンは、「もし親が健在だったら、人並みの財産と後ろ盾があれば」という自分を思い描いたことはないのだろうか。

あったとして……自分がそれを知らないだけだったら。

もしドラーンに、馬を並べるに値する、別の男という選択肢があったなら……自分を選んだのだろうか。

ムラトの言葉によって、ユルーは、これまで考えてもみなかったことに気付いたのだ。

その、ユルーの表情の変化をじっと見ていたムラトが、ふと顔をあげた。

「戻ったんじゃないか？」

はっとしてユルーも草原の彼方を見ると、確かにドラーンが戻ってきたとわかる土埃がかすかに見える。

この間のように、ドラーンがすぐ側に来るまで気付かなかったなどと思われたくない。

ユルーは無言で、まだはるか遠い土埃の方角に向かって走り出した。

「ドラーン」

水瓶の前で顔を洗っていたドラーンに、ユルーは後ろから抱きついた。

こんなことをするのは久しぶりだ。

今日は朝食のあと、ムラトが自分の馬を少し乗り回してくると言って出かけたので久しぶりにドラーンと二人きりなのだ。

こうして抱きつくと、ドラーンの肩までしか届かない自分の顔を、ぴったりドラーンの背中に埋められる。

ドラーンの逞《たくま》しい身体を、両手を一杯に伸ばして抱き締めていると、ドラーンが身体を起こした。

「顔が洗えない」

だから離せ、と言っているのではないことは、ユルーにはわかる。

その証拠にドラーンはすぐに向きを変えてユルーと向かい合い、その目には苦笑が見て取れた。

しかしその瞳はすぐに、訝《いぶか》しげなものになる。

「……どうした？」

ユルーにはそんなつもりはなかったのだが、ドラーンは、ユルーが何か鬱屈《うっくつ》を抱えているとすぐに気付いたのだ。

そう、ドラーンはこんなふうに、ユルーのことをわかってくれる。

「なんでもない……ただ、こうやって二人になるの、久しぶりだと思って」

ユルーはそう言ったが、ムラトの言葉がずっと、心の真ん中に引っかかっているのは事実だ。

「あと何日かだろう」

ドラーンはこともなげに言う。

「ガルダの群れを見に行ったら、ムラトの欲しい馬が決まる。あとは、宿営地で値を決めるわけだから」

ドラーンは、ムラトの滞在をどう思っているのだろう。

二人きりの生活を邪魔されたとは思っていないのだろうか。

客がいれば同じ幕屋で寝泊まりするから、夜に互いの身体に触れ合うこともない。

それをドラーンは、寂しいとは思わないのだろうか。

そう思ってから、ユルーははっとした。

これは……自分がドラーンのことを「わかっていない」ということだろうか？

もちろんユルーだってドラーンの心をすべて読み取るような力を持っているわけではないから、日常の中で、言葉に出して質問して返事を求めることはいくらでもある。

ただ、基本的な考え方が同じで、何かあったときにドラーンがどう考えるかという道筋の想像がつくから、ドラーンのことを理解していると思っていたのだが……違うのだろうか。

「ドラーンは、その……お客が、いやじゃない？」

ユルーはおそるおそる尋ねた。

草原の暮らしで、客をいやがるなどということは、まずない。客は単調な生活に新しい話題や変化を運んできてくれる歓迎すべき存在で、客をもてなすのは草原の民の何よりの楽しみだ。

ユルーだって、普段はそう思っている、のだが。

「ユルー」

ドラーンが、じっとユルーの目を見つめた。

「あの男と、何かあったか。いやなことでも言われたのか」

いやなこと、というのとは少し違うような気がする。

ムラトの話は面白くて新鮮で楽しい……その中で、少し不安に感じるようなことを言われた、というだけだと思う。

「たいしたことじゃ、ないんだけど」

ユルーは少し迷ってから言った。

ぐじぐじ考えているくらいなら、ドラーンに話してしまおう。

ドラーンが苦笑して「気にするな」と言ってくれたら、きっと不安なんて消えてしまう。

「ムラトが、僕とドラーンの関係は……本当の、馬を並べる関係じゃなくて、保護者と被保護者だって……広い世界で、他の人たちを見たほうがいい、なんて言うから」

そう言ってドラーンを見ると……

ドラーンの眉が、わずかに寄った。

ユルーが期待していた苦笑とは違い……瞳が曇ったのがわかり、ユルーははっとした。

こんなことは言うべきではなかった。

「ご、ごめん、僕」

「……お前も、そう思うのか」

ドラーンがやんわりとユルーを遮り、ユルーは戸惑いながら首を振った。

「そうじゃなくて、僕は……僕はただ、僕が本当にドラーンのことをわかっていないのかもしれない……って」

ドラーンは一瞬、唇を引き結んで視線を遠くにやったように見え……

それから、静かに言った。

「お前が俺のことをわかっていないと感じるのなら、そうなのかもしれない。だとしたらそれはお前の心の問題で、俺にはどうすることもできない」

真っ直ぐにユルーの瞳を見つめる。

「お前が、俺たちの関係に不安を抱き、広い世界で他の人間を見てみたいと言うのなら……俺たちの関係を見直したいと思うのなら、そうするべきだ」

ユルーは驚いてドラーンを見た。

本気だろうか。

いや、ドラーンは冗談でこんなことを言う人間ではない。

二人の関係を見直す……「馬を並べる関係」を解消する。

ユルーがそうしたいと言ったら、ドラーンはそれを受け入れる。

ドラーンが言っているのはそういう意味だ。

何がなんでも、ユルーとの関係を継続したいとは、ドラーンは思わないのだろうか。

ユルーはふいに、大きな不安が背中に覆い被さってくるのを感じた。

ドラーンは……ユルーが思っていたほど、ユルーがドラーンのことを好きなようには、ユルーを好きではないのだろうか。

確かに二人の関係は、別にどちらかが「馬を並べる関係になろう」と申し込んではじまったのではなく、ユルーが幼いころからドラーンを慕い、いつも一緒にいて、いつしか自然に周囲にそう見られるようになった、というだけのものだ。

もしかしたらドラーンにとっては、ユルーと一緒にいることは、ただの成り行きで……別に、ユルーでなくてもよかった、ドラーンにとって「馬を並べる関係」というのは、それほど大きな存在ではなかった、ということなのだろうか。

言葉が見つからず、ユルーが呆然《ぼうぜん》としていると……

「羊を見てくる」

ドラーンはいつもと変わらない淡々とした口調でそう言って、その場を離れていく。

その背中が……さきほど抱きついたあの背中が、妙に遠く、よそよそしく見える。

自分が、悪かったのだ。

ムラトの言葉に不安を感じ、それをそのままドラーンに言ってしまったから、ドラーンは傷ついたのだ。

謝りたい、と思いながらも……ユルーは、謝っても先ほどの言葉がなかったことにはならないと気付いていた。

自分が、ドラーンとの関係に不安を感じていると言ったことも。

不安を感じるのなら関係を見直すべきだというドラーンの言葉も。

なかったことにはならない。

馬鹿なことを言ってしまった。

だがそれでもユルーは、ムラトの言葉を否定することもできないし、ユルーを不安にさせるようなことを言ったムラトを恨むのも筋違いだと思う。

ムラトは自分よりも広い世界を知っていて、他の、本物の「馬を並べる関係」をも知っている。

そういう人から見て、自分とドラーンの関係が危うく見えるのは確かなのだろうと、ユルーは感じる。

どうしよう。

自分はどうしたいのだろう。

ユルーは呆然と立ち尽くしていたが、手入れを待つ馬のいななきが聞こえたのではっと我に返り、慌てて馬たちのほうに駆け寄った。


気まずい。

ドラーンとの仲が、気まずい。

ドラーンの態度は常と全く変わらないのだが、その変わらなさがまた、ユルーにとっては居心地が悪い。

その日、一日をユルーは悩みながら過ごした。

ドラーンとこんなふうに気まずくなったのは本当にはじめてことで、どうしたらいいのかわからないのだ。

夕食時になって、ドラーンとムラトと鍋を囲みながら、ムラトという第三者がいることにほっとしている自分がまた、情けない。

「それで、本命の馬なんだけど」

ムラトが、いつもと変わらない調子で切り出した。

「ガルダ？　っていう馬が率いてる群れに、本命がいるんだろう？　よかったらその群れを、牧草地にいる状態で見たいと思うんだ。どうも、群れから離して連れてきてもらった馬は、見ていて本来の姿じゃないって気がしてね」

ムラトは、ドラーンとユルーのように馬を育てる術《すべ》は持っていないかもしれないが、買い付け人としての目は確かだとユルーは思う。

確かに、その馬が本来持っている性格や能力は、いつもいる群れの環境の中で見たほうがわかるものなのだが、買い付け人でそこまでこだわる者は少ない。

「あんたの言うとおりだ」

ドラーンが頷いた。

「もちろん、実際に見て貰ったほうが絶対にいい。俺たちが選ぶのとは違う馬が、本当は要望に近い場合もあるし」

「ガルダの群れは遠いけど、いいですか?」

足手まといになりたくないと言っていたムラトの言葉を思い出してユルーが尋ねると、ムラトはあっさり頷く。

「長旅には慣れている。草原の民と違って、えんえんと続く草原では距離感を見誤る場合があるが、山地ならむしろ得意だ」

「だったら」

ユルーはドラーンを見てから、言葉に詰まった。

ガルダの群れがいるあたりまでは、片道三日はかかるだろう。向こうで馬を見定めたり、天候の変化を計算に入れると、往復十日は見ておくべきだ。

今回は……ドラーンと自分、どちらが行くことになるのだろう。

これまでこんなことを考えたことはなかった。

何も言わなくても、今度はどちらが出かけるか……基本的には交互だが、幕屋周辺の用事とか、今手元にいる馬の世話とか、羊の出産がありそうだとか、どちらかの体調とか、全部が二人の頭に入っていて、どちらが出かけるべきかはごく自然に決まっていた。

それなのに今ユルーは「どちらが行くことになるのだろう」と考えている。

ドラーンがどう考えているのかもわからない。

ドラーンも自分からは口を開かず、ユルーが何か言うのを待っているように見える。

「僕……」

沈黙に耐え切れず、とうとうユルーは言った。

「今度は僕が行く」

前回はドラーンだった。だから、今回は自分。それが自然なはずだ。

「僕でいいですか？」

それでもムラトはもしかしたら、ドラーンと旅をするほうを望むだろうかと思ったのだが、ムラトは無造作に頷く。

「任せるよ」

どちらでもいい……もちろん、ムラトにしてみれば馬を見るのが目的なのだから、そうだろう。

「じゃあ、ドラーン」

おそるおそるドラーンを見ると、ドラーンは無言で頷いた。


翌朝、ユルーとムラトは旅立った。

ユルーは愛馬アルサランに跨がる。

「……行ってきます」

ユルーがそう言うと、ドラーンはいつものように無言で頷く。

前夜に、ドラーンが「チャガンを連れて行け」とだけ短く言い、ユルーは、そうするとドラーン一人でここが物騒になるかもしれないと思ったのだが、なんとなく議論になりそうな予感がして「わかった」と受け入れた。

チャガンはユルーが大好きだから自分もついていけると悟っておおはしゃぎだが、ムラトも一緒に馬を進めはじめると、急に唸りだした。

「こら、チャガン」

ユルーとムラトの馬の間に入り込んでムラトに向かって牙をむき出すと、ムラトの馬がいやそうに離れていくのを見て、ユルーは慌ててチャガンを叱《しか》った。

「こっち。お前は、僕の右につけ……ついて、お願い」

チャガンは不満そうに、それでもユルーに言われたとおりにユルーの右につき、左側にいたムラトが近くまでまた馬を寄せてくる。

「すみません……チャガンはお客が嫌いで」

「そういうもんだ、草原の犬の、番犬としての優秀さだ。西の国の大きな街では、家の中で小さい犬を飼っている家も多いが、座布団に座らせて、朝晩餌をやって、誰が撫でても喜んで尻尾《しっぽ》を振るような犬ばかりだ」

ムラトは気を悪くした様子もなく、明るい声でそんな話をしてくれる。

「座布団に⁉」

ユルーは驚いて問い返した。

ムラトの珍しい話は、ドラーンとの気まずさから沈んでいた気持ちを逸《そ》らしてくれる。

「誰が撫でても……って、じゃあなんのために飼ってるんですか？」

「可愛がるためさ」

ムラトはそう言って笑う。

「何もさせないで、ただ可愛がるために飼う。もちろん街でも、余裕のある連中がやることだが」

ユルーが知っている動物は、みな、何かしらの役割を持っていて、飼われている。

馬も犬も羊も山羊も、みなそうだ。

もちろんそれぞれが可愛いが、可愛いだけが理由で飼う生き物などいない。

「なに、人間も一緒さ」

ムラトはこともなげに言った。

「権力も金もある人間は、ただ愛でるために、女や少年を囲うことなんてよくある。俺も話に聞いただけだが、もっともっと西の方に行けば、ただ愛でるために何百人もの女を集めている王がいるそうだ」

何百人、という言葉にユルーはくらくらした。

それだけの女を、同じように可愛がれるのだろうか……いや、百頭の馬がいたら、ユルーはどの馬も大事で可愛いと思うだろうから、そういうものなのだろうか。

そもそも何百人もの女を食べさせるだけでも相当な財産がないと無理だろう。

そして、ムラトも話に聞いただけらしい「もっともっと西」という言葉も気になる。

世界はどこまで広がっているのだろう。

そういえば、二人が向かっているのも、西の方角だ。

「ムラトの父上の国は、この山の向こうにあるんですか？」

西の山々はどこまでも続いていていて、峠を越え、谷を歩き、十日ほどの距離まではユルーの部族もよく知っていて、狩りに入ったりもする。

滅多にないことだが、戦の際には避難場所にもなる。

だがその先になると山々はどんどん険しくなり、真夏でも雪や氷に閉ざされている世界になって、その向こうに人が住む場所があるとはとても思えない。

「この山の向こうじゃない」

ムラトは答えた。

「ここからだと、南にある山を迂回《うかい》して草原の南の端に出て、そこから西に向かうんだ。草原の西側は壁みたいに高い山々が連なっているが、南の方に行くと人や馬が通れる峠がいくつか出てくるから、そこを通って行き来する。その意味では、草原は西に対しては天然の備えがあるってことだな。東は大きく開いているから、東の国といざこざが起きるんだろう」

そうやって……草原というものを「ひとつの国」として東西の国々との関係を見る、というのもこれまでの草原にはなかった考え方だ。

ユルーにとって世界は「自分の部族か、そうでないか」しかなかった。

王が現れて草原を統一したのも、隣の部族との戦争はもう起きないらしい、ということでしかなかった。

ユルーだけではなく、部族の男たちほとんどがそうだったはずだ。

族長や部族の主立った男たちは、今では「王」を上に戴くことに納得していて、部族の若い男たちもその考えにようやく慣れ始めてきているが、どこまでそれを「実感」しているかというと怪しいところだ。

ふと、ドラーンはどうなのだろう、とユルーは思った。

ドラーンとは、そういう話をしたことはなかったような気がする。

ユルーが部族の男たちから聞いた話として「東の国が攻めてきてるんだって」「草原の民はひとつにまとまって、東の国と戦うんだって」「王というのを族長たちが選んだんだって」という話をしたことは、もちろんある。

そうするとドラーンは少し考え「戦闘用の馬を群れから選んでおいたほうがいいだろうな」とか「荷馬を増やしたほうがよさそうだ」「儀式の馬が必要だろう」と呟き、翌日からその仕事にかかる。

ユルーはそういう、馬を飼育する立場として何が求められているのかを察知するドラーンをすごいと思ってみていたものだが……そういう世界の変化をドラーン自身はどう思っているのか、聞いたことはなかったような気がする。

今さらだが……やはり自分はドラーンのことを、知っているつもりで、わかってなどいなかった、ということなのだろうか。

黙り込んでしまったユルーに、ムラトが声をかけた。

「あのさ……俺が言ったことで、悩ませてしまったかな。だったら謝る」

「え、あ、あの」

ユルーは言葉に詰まった。

「俺のせいで、ドラーンと気まずい？」

ムラトが横目でユルーを見て尋ねる。

確かに悩んでいるし、きっかけはムラトの言葉だ。

だがムラトは、ユルーが気付いていなかったことに気付かせてくれたのだ、と思う。

謝られるようなことではない。

「僕は……僕は、いろいろ、わかっていないんだなって思って……」

「やっぱり、俺のせいか」

違う、と言いかけたとき、アルサランの歩き方が少し変わり、足元の草が小石に変わったことにユルーは気付いた。

「気をつけて下さい、細かい石が多いので、蹄《ひづめ》を痛めないように。少し行ったら、山に登る狭い道に入ります」

ムラトもさっと表情を引き締め、足元に気をつけながら馬を操る。

チャガンが前方に向かって駆け出し、次第に山のほうに向かって上って行く道に進んで止まると、こちらに向かって吠えた。

道は大丈夫、前方に狼などもいない、と教えてくれているのだ。

狭い山道に入ると馬を並べて進むことはできなくなり、ユルーが前を行きムラトが続く。

ユルーはムラトが遅れないよう、時折振り返りはするが、会話は自然となくなった。

途中で前方の山から下りてくる小さな川と出会い、その川沿いの谷を進んでいく。

今は季節がいいが、一年の半分は強風で通るのが難しくなる場所だ。

「いい香りだな、なんの草だろう」

背後でムラトの声が聞こえ、ユルーは「葱《ねぎ》です」と答えた。

この谷には天然の葱が群生していて、谷全体をいい香りで包んでいる。

ただし、葱は馬にとっては毒なので、この葱の谷を越えないと、草のある場所を自由に移動している馬たちには出会えないのだ。

ユルーはアルサランの背から身を乗り出してその葱を少し摘んだ。

葱の谷を越えて山を登り、峠を一つ越える頃には、夕暮れが迫ってきていた。

山の中は日が落ちるのが早い。

少し開けた小さな草地に出ると、ユルーは馬を止めた。

「今日はここで野営します」

岩場に囲まれていて、狼に襲われる心配もなく、水場もある。

「なるほど、いい場所だ」

ムラトは馬を下りて周囲を見回した。

ユルーは、ここにはドラーンと一緒に何度も来たし、ドラーンと交代で、チャガンを連れて一人で来たこともある。

草地の真ん中にはかまどの石組みがある。

この前ユルーが来たときには少し崩れかかっていたのだが、時間がなくて直すことができなかった。

その後ドラーンが来たときに組み直してくれたようだ。

大きい石を組み合わせ直し、その間に小石を詰め込んで、ちょっとやそっとでは崩れないように補強してある。

ドラーンらしい丁寧な仕事だ、とユルーは思った。

馬たちは勝手に草を食むので、ユルーは石組みのかまどに火を起こし、湯を沸かして食事の支度にかかった。

短い旅に出るときは、日数分のパンと干し肉を持ってきている。

鍋にその干し肉と塩、そして途中で摘んだ葱を入れて煮ると、美味《うま》いスープができる。

「なるほど、これはいい」

ムラトが嬉しそうにたいらげ、食事を終えた頃には、辺りは暗くなって星の帯が頭上に流れていた。

余計な会話はなく黙って空を見ていたムラトが、言った。

「ドラーンとのことだけど」

また、その会話が続くのか、とユルーは少し憂鬱になった。

ドラーンのことは、一人で考えていたい。

もちろん、いろいろ考えてしまうきっかけになったのはムラトの言葉だが……ムラトはどうしてそんなに、ユルーとドラーンの関係を気にするのだろう。

それを言うなら自分だって、どうしてムラトの言葉をこんなにも気にしてしまったのだろう、とも思うが……自分が気にしているのは、ドラーンにその不安を告げてしまったときのドラーンの反応に対してなのだ、とも思う。

「僕は……ただ、ドラーンとの関係が……ムラトの目に、本物ではないと映るのなら、本物にしたい……それだけなんです」

ユルーがそう言うと、ムラトは首を傾げた。

「つまり、本物かどうか自信がないってことだろうけど……たとえば、試しに他の男と寝てみるってことは考えないのか？」

ユルーは驚いてムラトを見た。

ムラトはごくごく真面目《まじめ》な表情だ。

だが、他の男と寝てみる……というのは……

その言葉の意味を理解するのにわずかに時間がかかり、そして理解した瞬間、ユルーは頭の中が沸騰するように感じた。

「そ……そんなこと、できるわけないじゃないですか！」

思わず叫ぶと、近くで寝そべっていたチャガンが頭を上げて低く唸る。

手でそれを制すユルーに、ムラトが意外そうに言った。

「ってことは、あんたたちはまだ、寝てはいないんだ」

この場合の寝る、というのは……本当に身体を繋げるという意味だということくらいはユルーにわかる。

ただ、互いの手で慰め合うのではなく、身体を重ね、繋げること。

ユルーが、どうしてドラーンはそこまでしてくれないのだろうと思っていたこと。

そしてそれが、かすかな不安として燻《くすぶ》っていたからこそ、ムラトの「本物の関係ではない」という言葉に、反応してしまったのだと、ユルーは突然悟った。

「ふうん」

ムラトが立てた片膝の上で、拳を顎に当てて考え込んだ。

「あんたたちに感じた、本物じゃない雰囲気は、それか」

「だって！」

思わずユルーは反論した。

「馬を並べる関係の二人だって、必ずそういうことになるとは限らないじゃないですか！　僕はドラーンとは、今のままでいいと思ってる。どうしてムラトはそんな――」

「あんたに興味があるからさ。馬を並べる関係になりたいと思うくらいに」

ムラトはあっさりと言い、思わずユルーが絶句すると、にっと笑った。

「ドラーンとまだ身体を重ねていないというなら、やっぱりそれは本物の関係じゃないと俺は思う。もちろん、馬を並べる関係に、そういうことは必須じゃあない。身体の関係があったとしても、からっとした性欲の解消のし合いであることがほとんどだ。でも、あんたはそういう性分じゃない、と俺は思うんだ」

ムラトはじっと、ユルーを見つめる。

低い岩壁を背に、火を前にして座っているムラトとの距離を、ユルーは突然「近い」と感じた。

「あんたは、ただ一人の相手に、自分のすべてを差し出し、そして相手のすべてを欲しいと思う性格だと、俺は思う。あんたが馬を並べる関係になる相手は、そういうあんたの望みをすべて共有する人間のほうがいいはずだ。だが、未だにちゃんと寝てないってことは、ドラーンはそういう相手じゃないってことだと思う」

自分のすべてを差し出し、相手のすべてを欲しいと思う。

その言葉が、ユルーの胸にどすんと重く落ちた。

それはきっと……事実だ。

ドラーンがいい、ドラーンがいれば他には何もいらないと思うくらいに彼が好きで……そしてドラーンも当然、同じ想いだと信じていた。

だが、そうでないのだとしたら……？

「それに」

ムラトは続けた。

「あんたたちが一緒に馬を走らせているときも……並んでいる、というよりはドラーンが一歩下がって、あんたを見守っているように見える。馬を並べてはいない」

「それは……だって」

馬を並べる、というのは男同士の精神的な強い結びつきを表す、比喩にすぎないはずだ。

馬を走らせるときは、当然、前後したり、離れたりする。

乗っている馬も違うし、乗り手の技量や乗り方の癖も違うのだから。

いつもぴったり並んで、全く同じ歩調で走ることなど、普段の生活の中では意識しない。

それでも……

「合わせようと思えば、きっと合います……！」

しかしムラトは首を振る。

「意識的に歩調を合わせるんじゃない、俺が見たことのある本当に馬を並べる関係の二人は、傍《はた》から見ていて気持ちいいほどに……感動するほどに、二人の気持ちがぴったりとひとつになっているのがわかる」

ムラトは夢見るように空を見つめた。

「そう、まるで……二人の乗る馬だけが、まるで別の世界を走っているように、そこだけが……切り取られて光の中にいるように、見えるんだ」

ユルーははっとした。

ムラトは実際に見たことのある、その「二人」を思い浮かべている。

想像などではなく、現実の存在としての「本物の」二人を。

馬を並べるというのは、そういうことなのだろうか。

自分とドラーンは……そんなふうには見えないだろう、ということはわかる。

「あんたは」

ムラトが再びユルーを見て畳みかけてきた。

「この先、嫁取りの話が出てきたら、あっさりドラーンとの関係を解消して、結婚するつもりがあるか？　ドラーンにそんな話が出てきたら、ドラーンとの関係を卒業するつもりでいたのか？」

自分やドラーンの嫁取り。

もちろん、そういう可能性はある……そうは思っていても、そんなことは遠い遠い先の話だと思っていた。

でも自分は末っ子で家は異母兄が継いでいるし、ドラーンは財産がなく、結納金が払えないから嫁取りは難しいと部族の中では思われているのを、ユルーは知っている。

そういう言葉を聞くと、財産がなんだ、財産も後ろ盾もないが、ドラーンはドラーンだから素晴らしいのだ、それがわからない人間は黙っていろ、とユルーは心の中で反発していた。

そして……ドラーンが結婚しない、できないならそれで、自分はずっとドラーンと一緒にいればいいし、むしろそれで構わないと思っていたかもしれない。

だが……もし自分かドラーンに結婚話が出てきたとして、ムラトが言うようにあっさり関係を解消し、普通の友人関係になれるのだろうか。

ドラーン以外の誰かを最優先にする自分。

自分以外の誰かを、最優先にするドラーン。

改めてそう考えると、胸の奥がじくじくと鈍く痛み出す。

そんなのは……そんなことは、望んでいない。

「つまりあんたが望んでいるのは、一生続く関係としての、馬を並べる相手なんだ」

ユルーの表情の変化を見ていたムラトが言った。

「身体を重ね、お互いのことを一生一番大切に想い合う、相手。そういう関係の二人を、俺は何組か見ている。そして俺もそういう相手が欲しいと思い……あんたに会った瞬間、それはあんただと思ったんだ」

その言葉は真摯《しんし》で、ユルーにとって、決して不快なものではなかった。

だがだからといって、ドラーンではなく、ムラトをそういう相手に選ぶというのは、考えられない。

「すみませんけど」

ユルーはのろのろと言った。

「僕には……やっぱり……ドラーンしか……」

たとえ自分たちの関係が、ムラトの言う「本物」でないとしても。

他の誰かを選ぶのではなく、ドラーンと、「本物の関係」になりたい。

「まあ、今は、そうか」

ムラトは頷いた。

「いきなりだからな。だが……もしこの先、その考えが変わることがあったら、俺のことを思い出してくれると嬉しいな。たとえば、ドラーンに違う相手が現れるようなことがあったら」

ドラーンに違う相手。

そんな……そんな相手が現れるはずがない、と思いたかったが、ユルーには確信が持てない。

男か……女か、それはわからない。

財産などなくてもいい、と……ドラーンの人柄を見込んで婿にほしい、という家があるかもしれない。

ドラーンの前に「身体を重ねる、本物の馬を並べる関係」になりたいと思う別の相手が現れるかもしれない。

そんなことは考えたくない。

でも、一度でも考えてしまったら、もうその不安は自分の胸から離れていかないような気がする。

どうして……どうしてこんなことになってしまったのだろう。

世界は何ひとつ変わっていないはずなのに、自分の心の中だけが、どうしてこんなふうに変わってしまったのだろう。

ムラトの言葉はきっかけにすぎない。

もうきっとずいぶん前から……ドラーンが自分と身体を繋げてくれない、と焦れはじめたときから、不安の芽はあったのだから。

ユルーが無言で考え込んでいると……

「……悪かったな」

ムラトが静かに言った。

そしてふと、ユルーのほうに手を伸ばしてくる。

ユルーはびくりとしてその手を避けるように身体の位置をずらした。

「あ」

ムラトは驚いたように自分の手を見て、それから苦笑する。

「ああ、そうじゃない……あんたと寝てみたいとは思うが、それは今じゃない。ちょっと、軽く肩を叩こうと思っただけだ」

そう言うと、立ち上がって火の反対側に行き、ユルーに背を向けるようにごろりと横になった。

「明日も早いんだろう。おやすみ」

これ以上ユルーに近付いたり触れたりする意図はない、と態度で表してくれたのだとわかり、ユルーはほっとした。

と、ムラトとの会話の間寝ているように見えたチャガンがむっくりと起き上がり、ユルーの側まで来ると、ユルーの膝にその大きな頭を乗せてくる。

大丈夫だ、俺がいる、とでもいうように。

チャガンがいるのは嬉しい。

ムラトが強引ではないのもありがたい……まだ数日、ムラトと旅をしなくてはならないのだから。

だが——ドラーンがいない。
今ここにいないだけでなく……幕屋に戻っても、これまでと同じように無邪気に甘えられるドラーンという存在はいないかもしれない、そしてそれは自分の心の問題なのだから、自分でなんとかしなくてはいけないのだと思うと、ユルーはむしょうに寂しかった。

二つ山を越えた先の、小さな湖のほとりに、目指すガルダの群れはいた。

ユルーがあらかじめ候補と考えていた二頭をムラトは気に入り、さらに二頭を候補に入れ、その四頭を連れて、来た道を戻る。

牧草地の居心地がとてもよかったらしく、群れから離れたがらない四頭をチャガンがうまく誘導してくれる。

ドラーンがチャガンを連れて行けと言ってくれたおかげだ。

ムラトは、最初の夜の話題に戻ることなく、淡々と仕事の話だけをして旅を続けてくれ、あの話の続きはもうしないでいてくれるのをユルーはありがたい、と思っていた。

ムラトはいい人間だと思う。

寝てみたいと言われたときには驚いたが、無理強いする様子もない。

だが自分はやはりドラーンが好きなのだ、ドラーンしかいない。

帰ったら、もう一度ドラーンと話をしてみよう、身体を繋げてくれない理由をちゃんと聞いてみよう、きっと自分に納得できる理由があるのだ、と……数日の間にユルーの気持ちは固まっていた。

山を下りて草原に戻り、日暮れ前にドラーンのいる幕屋が見えてくる。

幕屋の天井からはかまどの煙が立ち上っている。

途中、天候の崩れもなかったので、早ければ今日中には帰り着くと、ドラーンにもわかっているはずだ。

草原に出た途端にそわそわして駆け出そうとする馬たちをチャガンが吠えながら走り回ってまとめていると……

幕屋から、ドラーンが出てきたのが見えた。

「ドラーン！」

ユルーは思わず叫びながら、アルサランの馬体を挟む腿に力を入れ、駆け出そうとし……

次の瞬間、はっとした。

幕屋から、もう一人出てきたのだ。

ドラーンよりも小柄な……少年。

誰だろう。

アルサランの手綱を引いて歩調をゆるめながら、ユルーはゆっくりと幕屋に近寄った。

いつもならユルーが遠出から帰ったとき、ドラーンは幕屋の前に立って真っ直ぐにユルーを見つめ、迎えてくれる。

そしてユルーはアルサランからドラーンが広げた腕の中に、飛び降りるようにして抱き留められる。

だが今はもちろんムラトもいるし……少年がドラーンに何か話しかけドラーンが少年のほうを向いてしまったので、ユルーはとぼとぼと近寄るしかない。

「……ただいま」

声が届く位置まで来てようやくユルーはそう言い、馬から下りた。

「お帰りなさい！」

明るい声をあげたのは、少年だった。

「あ……ゾン？」

ユルーはようやくそれが、部族の顔見知りの少年であることに気付いた。

確か、十五歳くらいになるはずの、馬具職人の息子の一人だ。

夏を意味するその名のとおりに明るく、やんちゃな子どもだと思っていたが、昨年の冬に宿営地で見たときよりも背が伸びて、ユルーとほとんど目線が合いそうなくらいだ。

「どうしてここに？」

ゾンとドラーンを交互に見ながら尋ねると、

「夏の残りの間、この放牧地を手伝えって言われたんだ」

ゾンが誇らしげに言った。

「俺もそろそろ、放牧地の仕事を覚えたほうがいいって、父さんが。家の仕事は兄さんたちがいるからね」

子だくさんの、熟練の馬具職人の家では、それほど手数は必要ない。

部族が一番人手を必要としているのは放牧地を任せられる人間であり、男の子はある程度の年になったらあちこちの放牧地に手伝いに出るのは普通のことだ。

ユルーもそうやって十四歳くらいから放牧地を手伝い、十六のときには早くも、今の放牧地を任されるようになったのだ。

だが……ユルーはどういうわけか、ゾンがいることに衝撃を受けていた。

——聞いていなかったからだ、と、その理由にようやく気付いたときには、ドラーンが、ユルーたちが連れてきた馬たちに近寄っていた。

「四頭……この二頭は、あんたが選んだのだな」

馬を確認しながらムラトに尋ねている。

「そう、なんならこの二頭を、もう一対として考えてもいいかと思ってね」

「なるほど」

「ユルー」

ゾンがユルーに話しかける。

「疲れたでしょう、幕屋の中で休んで。早ければ今日あたり戻ると思ったから、お茶とスープの用意ができてるよ。アルサランは俺が世話しておくから」

ありがたい言葉のはずなのに、ユルーは胸の奥がもやっとするのを覚えた。

「いや……アルサランは僕が自分で……ムラトの馬をお願いしてもいい？」

「わかった！」

ゾンは頷き、ムラトの馬のほうに駆け寄っていく。

アルサランの鞍をおろし、身体を拭いてやりながら、ユルーは今のゾンに対する自分の対応がよくないものだ、と感じていた。

旅から戻れば、留守番の人間が馬の世話を引き受け、相手を休ませてやるのは当たり前のことだ。

ゾンは当たり前のことを言ったのであり……自分は、瓶の水で身体の汚れを拭い、ありがたく幕屋に入って、お茶を飲めばよかったのだ。

だが……その瓶の水や、お茶やスープを用意したのはゾンだ。

ユルーがいない間、ゾンが、今までユルーがしていたように、ドラーンを手伝い、ドラーンと仕事を分け合い、そして枕を並べて眠っていたのだと思うと、ユルーの胸がおかしなふうにざわつく。

ユルーは思わず、ぎゅっと胸の辺りで拳を握った。

これはいったいなんなのだろう。

自分はどうしてしまったのだろう。

アルサランに餌をやってから顔や身体を拭っている間に、ゾンはムラトの馬の世話をすませ、ムラトも顔と身体を拭い、連れてきた馬たちをドラーンがそれぞれに繋ぐ。

幕屋に入ると、ドラーンの右隣にゾンが座り、左隣にユルーが座った。ドラーンの向かい側がムラトだ。

ゾンがてきぱきと、全員の椀に茶を淹れる。

「ゾン」

ドラーンがゾンを見た。

「干し棗《なつめ》を」

「あ、そうだった！」

ユルーが、干し棗など幕屋にあっただろうかと思っている間にゾンは身軽に立ち上がり、食料を入れてある棚から布袋を取り出し、ムラトとユルーの間に皿を置くと、袋を逆さにした。

「あ」

ゾン自身も思いがけない量が出てしまったらしく、干し棗が皿から溢れる。

「ごめんなさい！」

ゾンが皿の外に散らばった干し棗を慌ててかき集めると、ドラーンが頬に苦笑を浮かべ、立ち上がってもう一枚の皿を持ってきた。

「ほら、こっちに」

ゾンはその皿にかき集めた干し棗を入れ、自分とドラーンの間に置く。

「これは、いい干し棗だ」

ムラトが一つ手に取って口に入れ、そう言った。

「よかった！」

ゾンの顔がぱっと明るくなる。

「ムラトには珍しくもないだろうが、ゾンの父がゾンに持たせてくれたから」

ドラーンがゆっくりと説明する。

ユルーは……呆然としていた。

ゾンが干し棗を零したときの、ドラーンの苦笑。

優しく、どこか甘さを含んだ、不思議な笑み。

ドラーンはそんな笑みを、自分に見せてくれたことがあっただろうか？

それに、干し棗は西の国から峠を越えて運ばれてくるもので、西の国をよく知っているムラトには確かに珍しいものではないだろうが、それを……ゾンが父親に持たされたものだから、と……ゾンの顔を立てるようにドラーンが説明をした。

寡黙で余計なことを言わないドラーンが、そんなふうに誰かを気遣うような言葉をわざわざ発するのも珍しいことだ。

ゾンは確かにいい子だ。

そしてそのゾンがドラーンの傍らで、これまでユルーがそうしていたように、まるでこの幕屋でずっとドラーンと暮らしていたかのように、こまごまと気遣いをし、ドラーンもそれを自然に受け入れているように見える。

胸が、痛い。

そしてユルーは突然、その痛みの理由に気付いた。

居場所が、ない。

つい数日前まで自分の居場所だったところに、ゾンがいる。

それが……驚きで、寂しくて、そして辛《つら》いのだ。

「……はどうだった？　ユルー？」

ドラーンがユルーを呼んだので、ユルーははっと我に返った。

いつの間にか、ムラトとドラーンが仕事の話をはじめていたのだ。

「え、ごめんなさい、なんて？」

「ガルダの群れは、どうだったかって」

ムラトが、ユルーが聞き逃したらしい問いをもう一度説明してくれ、ユルーはなんだか情けなくていたたまれなくなった。

「あ……大丈夫、怪我や病気の馬はいなかった……毛づやもよくて、みんな状態はよかったよ」

「ガルダの群れがいるあたりって」

ゾンが横から口を挟んだ。

「時々、野生馬の群れが来るところなんでしょう？　野生馬についていっちゃう馬がいるっていうのは本当？」

ユルーはぎくりとした。

ゾンが無邪気な質問として発した言葉は……ドラーンが尋きたかったことではないのか。

普段なら「どうだった」というドラーンの問いから、すぐに「一番聞きたいこと」を察することができるのに。

「か、数は、減ってなかった……野生馬が踏み荒らした跡もなかったから、今年は湖まで下りてこないのかもしれない」

ようやくユルーが答えると、ドラーンは「そうか」と頷く。

一瞬会話が途切れ、ユルーが一人で気まずい思いをしていると……

「野生馬の群れについていった牝馬が、仔馬を連れて戻ってくることがあるっていうのは本当なのか？」

　ムラトが明るい口調で尋ね、ユルーは慌てて頷いた。

「そうなんです、新しい優秀な血統が生まれることがあるから、たまにそういうことがあるのはありがたいことなんです……僕の馬のアルサランも、そういう野生馬の血を引いている馬なんです」

「ああ、だからアルサランは、ちょっと変わった、金色のたてがみなんだね」

　ゾンが感心したように声をあげ……ユルーが「うん」と頷いたところで、また会話が止まる。

　自分のせいだ……いつもは寡黙なドラーンの代わりに自分が会話を仕切っているのに、それがなんだかうまくできないのだ、とユルーが思っていると。

「それで」

　ドラーンがムラトを見た。

「候補の馬はこれでだいたい選び終わったか」

「終わった」

　ムラトが頷いた。

「明日は宿営地に戻って、値段の交渉に入りたいと思う。世話になったな」

「ああ」

ドラーンが答える。

「決まるまで、候補の馬たちはここで預かる」

「じゃあ、明日は……誰かに、宿営地まで連れて行ってもらわないと」

ユルーは一瞬、ドラーンがユルーの名前を出し、ユルーはまた、ドラーンとゾンをここに置いて留守にしなければならないのかと思ったのだが……

「ゾン、頼める？　きみとも近付きになりたいしね」

ムラトが軽い調子でゾンに尋ねた。

ユルーが驚いてムラトを見ると、ムラトがユルーを見て、にっと笑った。

もしかしたらムラトは、ここにユルーとドラーンが二人で残れるようにしてくれているのだろうか。

宿営地までは馬を飛ばしても一日半、急がなければ三日はかかる。

「僕でよければ！　ドラーン、いい？」

ゾンは名指しされたことが単純に嬉しいようで、ドラーンに尋ね……

「いいだろう」

ドラーンが頷いたので、ユルーはほっとしている自分を感じていた。

「じゃあ……世話になったな」

ムラトが自分の馬に跨がって馬上からユルーを見下ろし、ちらりとドラーンのほうを見た。

ユルーも思わず同じほうに視線を向ける。

ドラーンは、ゾンの馬の馬具を点検してやっている。

どうやらゾンの馬は、小柄なゾンにとっては少し体格がよすぎるらしく、鐙《あぶみ》にぶら下がってよじ登るようにしているのを、ドラーンが見てやっているようだ。

「ユルー」

ムラトが呼んだので、ユルーがはっとしてムラトに視線を戻すと……

「俺の言ったこと、本気だから」

ムラトは真顔で、ユルーに言った。

「考えておいてくれ、俺と、馬を並べる関係になるってことを」

それは……ムラトか、ドラーンかを選ぶということだ。

放牧地からここに戻ってくるまで、ユルーの中に、選択肢などないと思っていた。

ドラーンが好き。ドラーンしかいない。

だが……ユルーの中に、自分でも認めたくない揺らぎがある。

そしてそれは、ゾンの存在のせいだともわかっていた。

もしかしたら……ドラーンにとっては、自分という存在は「絶対」ではないのかもしれない、という疑問。

ドラーンにとって自分は特別だと思っていたけれど、自分以外の誰かにもあんなふうに優しい苦笑を浮かべたり、気遣ったりすることができるのだと、はじめて意識した気がする。

だが……だからといって、じゃあドラーンとの関係を解消してムラトと、などということは考えられない。

ムラトはいい人だとは思う。

それは、ドラーンに対して抱いている焦れるような「好き」とはまるで違うものだ。

「ごめんなさい、僕……」

「いや、今は返事は聞かない」

ムラトは首を振る。

「商談がまとまったら、またここに戻ってくるから」

値段を決める交渉も、十日やそこらはかかることだろう。

「ムラトさん」

準備ができたらしいゾンがムラトを呼び、ムラトは頷いてユルーの側を離れる。

「行ってきます」

ゾンがドラーンとユルーに手を振り、二頭の馬は歩き出した。

ユルーはそっとドラーンに近付いて隣に並ぶ。

遠ざかる二人を無言で見送りながら、ユルーは、ほとんど触れそうな距離にあるドラーンの手が、自分の手に触れて握ってくれないだろうか、と考えていた。

ドラーンの体温を、自分の手でじかに感じたい。

だがドラーンはユルーの手に触れることはなく、ムラトとゾンを乗せた馬が地平に消えていくと、幕屋のほうに踵《きびす》を返しながら短く言った。

「囲いを仕上げる」

あちこちから集めてきた候補の馬たちが遠くに行ってしまわないよう囲うための柵を、ユルーとムラトが出かけている間にドラーンが作り始めていて、今日一日あれば出来上がるくらいになっている。

「……わかった、僕は羊を見るね」

ユルーも頷き、ドラーンと離れて羊の囲いのほうに向かう。

羊たちはちゃんと世話をされていて満足そうにしていた。

囲いの中もきれいだ。

幕屋の中も外も、ユルーがいるときと同じようにきちんと保たれていて、水瓶にも水がいっぱいだ。

チャガンもおらず、ドラーン一人ではすべてを保つのは大変だっただろうから、ゾンがいてくれて助かっただろう。

だが、どうしてゾンは、よりによってユルーがいない間に来たのだろう。

ユルーとムラトの旅にチャガンをつけたのは、ゾンに来てもらうことに決めていたからなのだろうか。

部族には他にも、放牧地の仕事を覚え始めた少年たちがいるのに、どうしてゾンだったのだろう。

ゾンの無邪気な笑顔とか、いそいそと働くところとか、ムラトのような初対面の人にほんのちょっと物怖《ものお》じしつつも気遣いできるところとか……ほんの一晩一緒にいただけなのに、長所がいくらでも浮かんでくる。

自分の馬が大きすぎて、乗るときによじ登るように見えたのさえ、可愛らしいと思う。

ドラーンもそういうゾンを、気に入ったのだろうか。

ばかなことを考えている。まるでドラーンが、ユルーとの関係を解消してゾンを新しい相手に選ぶつもりでいるかのような、おかしな妄想をしている。

だがそれくらい……ユルーは自信を失っていた。

そもそもどうして、ドラーンは自分と「馬を並べる関係」でいてくれるのだろう。

ドラーンは、ユルーのことを好きだとか、ここがいいとか、口に出して言ってくれたことはない。

今までは、口に出さなくてもドラーンが考えていることはわかるし、ドラーンは自分を好きなのだと信じていた。

だがそれすら、自分の勝手な思い込みだったのではないかと思えてくる。

そんなことを考えながらの一日はおそろしく長く、夕食の時間になると、ユルーはなんだか疲れ果てていた。

それでも、いつものように食事を作り、食べていると、ドラーンが何度か自分をちらりと見たのがわかった。

食事が終わると、普段どおりにドラーンが布団を敷いてくれる。

いつもどおりに、ちゃんと隣に並べて。

それを見ながらもユルーは、自分が留守にしてゾンがいる間は、ゾンとこうして布団を並べていたのだろうか、などと思ってしまう。

布団に入ってからも、すぐ側にいるドラーンがおそろしく遠く感じられ……余計なことばかり考えて、眠ることなどできない。

ドラーンの呼吸も、眠っているのとは、違うような気がする。

ドラーンは……何を考えているのだろう。

とうとうユルーは、布団の上に身体を起こした。

「……どうした」

やはり、眠ってなどいなかったとわかる声で、ドラーンが尋ねた。

今夜は闇夜で、幕屋の中も真っ暗だから、顔は見えない。

今はそれがありがたい、とユルーは思う。

「ユルー、どうした？」

ドラーンが静かにもう一度尋ね、身体を起こしたのがわかった。

「大丈夫か」

穏やかで深みのある、いつもの、ドラーンの声。

ユルーが大好きなドラーンの声。

そう思った瞬間、ユルーの中で、何かが弾《はじ》けたような気がした。

ドラーンは僕を好き？

そう、尋ねたかったのかもしれない。

だが同時に、好きということは……馬を並べる関係ということで……だとしたら、それをちゃんと確かめたい、二人の仲を確実にしたい、という衝動のようなものが溢れ出し……

「ドラーン……！　僕を、抱いて」

気がつくと、ユルーはそう言っていた。

「ユルー？」

「ちゃんと、僕と身体を繋げて。僕たちは馬を並べる関係なんだよね？　だったらちゃんと、ドラーンと、そういう関係になりたい……！」

そうだ。

自分はそれがずっと不安だったのだ。

身体を繋げれば、「本物の関係」だと確信できる。

そうすれば、今感じている不安など、すべて吹き飛んでしまうに決まっている……！

しかし。

ドラーンは答えなかった。

ドラーンがすぐに返事をくれなかったことで、ユルーはたちまち後悔した。

言うんじゃなかった。

ばかなことを言った。

今のは聞かなかったことに……と、言ってもいいだろうか。

それとも余計事態を悪化させるだけだろうか。

それでも、このいたたまれなさよりはましだ、と再び口を開こうとしたとき。

ユルーの頬に、何かが触れた。

――ドラーンの、指先だ。

触れられた部分がかっと熱くなった次の瞬間には、ドラーンの温かな手が、ユルーの頬をすっぽりと包んでいた。

「……それが、お前の望みなのか」

低く優しい、しかしわずかに緊張を含んだ声。

ユルーは、頷いた。

「ムラトに……何か、言われたからか」

そうなのだろうか？

いや、ドラーンがいつ、身体を繋げてくれるのだろう、という疑問と不安は、ずっとユルーの中にあったのだ。

ムラトの言葉、ゾンの存在などは、その不安の大きさを増しはしたかもしれないが、ユルーはずっと、ドラーンと本当に結ばれる日を、待ち焦がれていたのだ。

ユルーは首を横に振った。

「違う……僕は……僕はずっと、ドラーンと……ちゃんと、って」

すると、ドラーンは一瞬沈黙し……

「わかった」

決意したように、そう言った。

「それが、お前の望みなら」

ユルーは、自分の胸がばくんと大きく音を立てたように感じた。

ドラーンの腕がユルーの肩に回り、ゆっくりと抱き寄せる。

本当だろうか。

本当にドラーンが、その気になってくれたのだろうか。

そう考えた瞬間……唇に、熱いものが押し当てられた。

ドラーンの唇。

最初はわずかに躊躇《ためら》うように……しかしすぐに、強く押し付けられる。

はじめてだ。

互いの性器に触れ合うことはしていたのに、唇を合わせるのははじめてなのだ。

ユルーがドラーンの肩に腕を回すと、ドラーンはそのままユルーを布団の上に押し倒した。

ドラーンの舌がユルーの唇を撫で、開いた隙間から入り込み、ユルーの舌を探り当てる。

「んっ……」

舌の付け根がつきんと甘く痛んだような気がして、ユルーは思わず声をあげた。

これが、ドラーンの唇……ドラーンの舌。

嬉しい。

ぎこちなく、しかし夢中で、ユルーもドラーンの舌に応える。

その間にドラーンの手がユルーの着ているものを脱がせながら、素肌を掌でまさぐっていく。

その掌が、熱い。

ユルーの身体の隅々までを、いとおしむかのように、優しく肌を撫でる感触。

口付けは、最初の少し荒っぽいものから、じっくりと味わうかのようなものに変わっている。

寡黙なドラーンの、舌や手が、こんなに雄弁だとは思わなかった。

絡み合っていた舌が解かれ、唇が離れるのと同時に、ドラーンの指先がユルーの胸を掠《かす》めた。

「あ」

びりっとした痺《しび》れに、思わず身を竦《すく》ませる。

これは、なんだろう。

ドラーンの指がくすぐるようにそこを撫でて、はじめてそれが自分の乳首だと意識した。

誰の胸にもついている、男にとってはただの飾りのようなもので、存在を意識したことすらなかったのに……ドラーンの指がそこを二本の指で摘まみ、擦るような動きをしながら引っ張ると、甘い痺れが全身を駆け抜けた。

「んっ……っ」

洩《も》れた声の甘さにぎょっとする。

ドラーンが指で片方の乳首を弄りながら、ユルーの頬に、顎に、首筋にと順番に唇をつけて頭の位置をずらしていき……

もう片方の乳首に、唇が触れた。

節の太い、固い指先とは違う、温かく濡れた感触。

ちゅっと吸い、そして舌先で転がす。

むずむずしたおかしな感覚が全身に広がり、ユルーは思わず腰を浮かせた。

「んっ、ん、んっ」

その腰のあたりを、ドラーンのもう片方の手がゆっくりと撫でる。

肋骨《ろっこつ》を数えるように脇腹を這《は》い上がり、そしてまたゆっくりと下りていって、腰の後ろに回り、臀《しり》の丸みを撫でる。

ドラーンの手は、こんなに大きかっただろうか。

こんなに熱かっただろうか。

自分の呼吸が次第に速くなり、体温が上がってくるのがわかる。

ドラーンの唇と手が触れた場所すべてが、熱をもっている。

身体を——繋げる、というのは、ただドラーンのものを自分の中に埋め込んでもらうことだと思っていたのに、これはなんだろう。

ゆっくりと、丁寧に、しかし確実な熱を持って、ドラーンがユルーの全身を確かめている。

こんなふうに身体の隅々までドラーンに探られること、そしてその手や唇が、こんなふうに不安になるほど心地いいことなど、想像もしていなかった。

ドラーンの唇が乳首から離れ、身体の中心に舌を這わせながら下りていく。

「あ……っ」

鼻先がユルーの淡い叢《くさむら》に辿《たど》り着き、ドラーンの息が性器にかかった瞬間、びくりと自分のそこが勃《た》ち上がったのがわかった。

いや……いつの間にか勃ち上がりかけていたものが、さらに大きさを増した、と言った方が正しいかもしれない。

次の瞬間……先端が、熱くぬるりとしたものに包まれ、

「あっ」

思わずユルーはのけぞった。

ドラーンの唇が、自分を包んでいる。

恥ずかしいのに……同時に、腰の奥が蕩《とろ》けるほどに気持ちがいい。

ねっとりと舌が幹を這い、唇で擦り上げられると、たちまち限界が見えてくる。

「だめ、あ、ドラーン、離して……っ」

いくらなんでもこのままいくわけにはいかない、とユルーは必死に、ドラーンの頭を押しのけようとしたが、ドラーンの頭はびくとも動かず、そのまま愛撫《あいぶ》を続ける。

ユルーの手からも力が抜け、ただドラーンの髪を撫で回してくしゃくしゃにしているだけになってしまう。

ドラーンの手が袋を包んでやわらかく揉《も》むような動きをした瞬間、そのあたりがぎゅっと

絞られるように甘く痛み……

「ああっ、あ……っ」

ユルーはどうしようもなく、身体をのけぞらせて達した。

ドラーンは躊躇うことなくすべてを受け止め、最後の一滴までを搾《しぼ》り取るように唇で扱《しご》き上げ……ようやく離れる。

ユルーは、はあはあと荒い息をしながら、呆然としていた。

これは、なんだろう。

これまで、ドラーンの手でいかされたことは何度もある。

身体を繋げるというのは、その延長だと思っていた。

だが、これは違う。

これまで、夜、もやもやとした気持ちになってドラーンにねだり、互いの手で欲求を解放していた行為と、今のこれは、全く違うものだ。

気持ちよくて恥ずかしくて、わずかに後ろめたい。

その後ろめたさの理由は……自分だけが一方的に愛撫され、いかされたためだと、ユルーは気付いた。

ドラーンにだって、気持ちよくなってほしい。

今までだって、二人で一緒に、気持ちよくなっていたのだから。

「ドラーン……」

ユルーは上体を起こしながら、ドラーンの身体に手を伸ばした。

ドラーンはまだ、寝る時の薄ものをまとったままだ。

しかしユルーがドラーンに触れる前に、ドラーンがユルーの腰に腕を回すようにして、ユルーを俯《うつぶ》せにひっくり返してしまった。

「え？　な……」

戸惑っている間に腰を引かれ、膝を立てさせられる。

「ドラー……」

「準備が、必要だから」

ドラーンが低くそう言ったかと思うと……臀の狭間《はざま》に、ぬるりとしたものが触れた。

「ひゃっ」

思わず前に逃げる身体を、ドラーンの腕がぐいと引き止める。

「あっ……」

窄《すぼ》まりを、ドラーンの舌がねろりと舐《な》めた。

びくりと身体が竦んだが、ドラーンがそこをじっくりと舐め続けると、腿が震え、膝の力が抜けそうになる。

ひくついた瞬間に尖《とが》らせた舌をねじ込まれ、唾液《だえき》を送り込ませる。

準備が。

必要だから。

ドラーンの言葉が、頭の中でぐるぐるする。

そう……身体を繋げるためにそこを使う、ということは知っていた。

そして、多少は痛かったりきつかったりするのだろう、とは思っていた。

それでもドラーンと繋がれるのならそれでもいい、と。

だが、こんなふうにほぐされるのだとは思わなかった。

唾液を塗り込め、ふやけそうなほど舐められ、指を潜り込ませてくるのだとは。

内側を指の腹で撫でられると、全身にざっと、寒気に似て、なぜか熱いものが駆け抜ける。

自分の中を指でゆっくりと広げられ、次第に奥まで押し込まれるのがはっきりとわかる。

息が浅くなり、全身にじわりと汗が滲《にじ》み出す。

これは……快感だ、とユルーは気付いた。

そんな場所までドラーンに知られ、愛撫され、準備をほどこされることそのものが、紛れもなく気持ちがいいのだと。

「ああ、あ、あ……あっ」

声が止まらない。止めようとして唇を噛み締めると、今度は「んんんっ」と甲高く甘い呻きのようなものが洩れる。

ドラーンの指がある一点を撫でた瞬間、衝撃が走った。

「あ——ああっ」

悲鳴のような声があがる。

あまりにも鋭い快感。

ドラーンの指が確信を得たかのようにその部分を何度か擦ると、ユルーの頭の中が真っ白になり、全身から汗が噴き出す。

「やっ……や、ドラーン……おねが、もっ……やぁ……っ」

何がお願いなのか、何がもうなのかわからないまま、ユルーは懇願した。

と、指がずるりと引いていき……ちゅぷっと音を立てて抜かれる。

どうして、と頭の隅で考えた次の瞬間、そこに熱いものが押し当てられた。

「あ」

ドラーンだ。

ドラーンのものだ、とユルーにはわかった。

とうとう、ドラーンが来てくれる……！

ユルーのそこをいっぱいに押し広げ、熱く固いものが、入ってくる。

「……ユルー、大丈夫か」

ドラーンの押し殺したような声に、ぞくりとするような艶っぽい何かを感じ取り、全身が震える。

「だ、いじょ……ぶっ」

指と舌で馴らされていたはずなのに、やはり無理矢理に広げられる感じがあって、息が苦しいが……耐えられないほどではない。

それよりも、とうとうドラーンと身体を繋げているという歓びのほうが大きい。

と、ドラーンの片手が前に回り、ユルーは、放ったばかりの自分のものが再び熱を持っていることに気付いた。

緩く扱かれると腰の奥が蕩けたようになって、身体の力が抜ける。

ドラーンのものがぐいっと押し込まれた。

「あ――――！」

脳天まで突き抜ける衝撃に、一瞬息が止まる。

が……

次の瞬間、ユルーは、自分の中いっぱいに埋め込まれているものを感じた。

ドラーン。

熱く、大きく、固いものが、どくどくと脈打っている。

自分の身体の中に、ドラーンの心臓があるように感じる。

「あ、はい、って……るっ……」

ユルーが思わずそう言うと、ドラーンの中のものがぐっと体積を増した。

「くっ」

ドラーンの堪《こら》えるような声の中に、これまで聞いたことのない艶のようなものがある。

嬉しい。

背中から、大きなドラーンの身体がユルーの身体をすっぽりと包むように覆い被さっているのも、嬉しい。

自分はドラーンの中にいて、そして自分の中にドラーンがいる。

「動く、ぞ」

ドラーンが低く言った。

「痛かったら……無理そうだったら、言え」

ユルーの腰を抱え直し、ゆっくりと抽送《ちゅうそう》をはじめる。

ドラーンのものの、張り出した部分が内壁を擦る感触。

自分の内側が、ドラーンを受け入れ、包み込み、そして馴染《なじ》んでいくにつれ、違和感はぞくぞくとした快感に変わっていく。

「あ……あ、あっ……っん……っ」

腰の奥にどろどろとしたものが渦巻く。

全身の皮膚が敏感になり、ドラーンの手が触れている部分がやけどしそうに熱く、ドラーンの息づかいが聞こえると耳が火照《ほて》る。

揺さぶられ、何も考えられなくなり、頭の中が真っ白に染まっていく。

だが……だが、行き着きたい場所があるのに、どうしてももう一歩踏み出せない、もどかしい感覚もある。

と、ドラーンの片手が、再びユルーの前に回って性器を握った。

いつの間にか限界近くまで固く張り詰めている。

それをゆるく扱かれると勝手に腰が動き、そしてドラーンがさらにその動きに合わせて自分の腰を深く使い出す。

「も……っ、あ、あっ……あ、あ、あ」

身体の中に溜まった熱が、出口を求めて渦を巻くように感じ――

「あ――」

背骨をおそろしいほどの快感が駆け上がる。

ユルーがドラーンの手の中に射精するのと同時に、ドラーンもユルーの中で、数度の痙攣《けいれん》とともに、己を解き放ったのがわかった。

膝の力が完全に抜けて、俯せに横たわったユルーの隣に、ドラーンもゆっくりと身体を横たえてくる。

大きなドラーンの身体が、体重を完全に預けないように気遣いながらも、ユルーの全身に

ぴったりと重なる。

いつの間にかドラーンも着ているものを脱ぎ去っていたらしく、肌と肌が重なり、高い体温と汗が混じり合う。

ドラーンの顔が見たい、とユルーは思った。

幕屋の中は暗闇だ。

せめて月明かりがあれば……もっと寒い季節で、かまどに種火があれば……そう、頭の隅で思う。

だがドラーンがユルーの身体をその逞しい腕で抱き寄せてくれると、そんなことはどうでもよくなった。

顔は……また、いつでも見られる。

今はこうして、ドラーンの身体を皮膚で感じていられるだけでいい。

とうとう自分とドラーンは、本物の「馬を並べる関係」になれたのだ、と……

ユルーは襲ってくる幸福感でいっぱいの眠りに、ゆっくりと身を任せていった。


幕屋の天井にある、煙出しの穴から、朝日が差し込んでくる。

眩《まぶ》しい。

目を細めて天井を見上げ、いつもの幕屋であることがどこか不思議な気がしながら、ユルーは隣を見た。

ドラーンが、いない。

はっとしてユルーは身を起こした。

そう……朝日がこんなに眩しいということは、寝坊してしまったのだ。

普段は、ほのかな薄明かりが差し始めた頃に起きてまずかまどに火を熾《おこ》し、外に出て羊や馬の世話をすませ、完全に日が昇る頃に幕屋に戻ってきてようやく朝食を摂るのだから。

すっかり眠りこけてしまっているユルーを起こさずに、ドラーンは一人でそっと外に出て行ったのだ。

慌てて起き上がると、全裸で眠りについたはずなのに、薄ものを羽織っているのに気付いた。

ドラーンが着せてくれたのだ。

気恥ずかしく……そして、嬉しい。

腰の奥がなんとなく重怠いのにも、甘酸っぱい恥ずかしさを覚えながら、ユルーは身支度を調《ととの》えた。

上着を着て帯を締め、長靴を履こうとしていると、幕屋の扉が開いてドラーンが入ってきた。

「あ……」

ユルーは、頬が熱くなるのを感じた。

いつもと同じ、あまり表情の変わらないドラーンの顔が、なんだか眩しい。

「ご……ごめん、寝坊してしまって」

「ああ、いい」

ドラーンが視線で、立ち上がろうとするユルーを止める。

「こういう日は……そういうものだ。お前は休んでいろ」

その目が、優しく細められる。

こういう日ってどういう……つまりああいうことがあった翌日、ということなのだろうか。

ユルーは、身体を繋げた翌日、ドラーンに対してどうふるまうべきなのか、どうするのが正しいのか、さっぱりわからない。

ただ、ドラーンが優しい……それだけは、わかる。

ドラーンは、沸かしてあった湯で茶を淹れ、パンと、夜の残りの茹《ゆ》で肉で朝食の支度をし、ユルーはぺたんと座り込んで、なんだかぼうっとして、そのドラーンの動きを目で追っていた。

「……ほら」

ドラーンが茶の入った椀を差し出してくれ、ユルーは、それがドラーンの椀だと気付いた。

間違えたのだろうか。

いや、椀を取り違えることなどないはずだ。

理由はわからないままに、しかしドラーンの椀を使うことがなんだか嬉しくて、ユルーは黙って受け取り、口をつけた。

おいしい。

濃く煮出して塩を入れた、いつもの茶のはずなのに、とてもおいしい。

ドラーンの椀で、ドラーンが淹れてくれた茶を飲んでいるからだろうか。

ムラトから「客用の椀」の話を聞いたときは、他人が使った椀など気持ち悪いような気がしたが、ドラーンの椀を使うことにはなんの抵抗もなく、むしろ嬉しい。

それは……ドラーンが「他人」ではないからだ、とユルーにはわかる。

ドラーンが、茶を飲む自分をじっと見つめていることに気付いて、ユルーはなんとなくそわそわと落ち着かない気持ちになりながら、ドラーンに椀を返した。

ドラーンの目がふっと細くなり、同じ椀に茶を注いで、ユルーが飲んだのと同じ部分に口をつけて、飲む。

ユルーは、昨夜の……行為の中で唇を重ねたことを思い出した。

そう、あんなふうに身体の隅々までを互いに知った仲だからこそ、椀も共有できる。

そしてドラーンがわざわざ同じ場所に唇をつけるということは、ドラーンもそれを意識しているからだとわかる。

さきほどから自分とドラーンの間に、会話らしい会話はほとんどないことに、ユルーはふと気付いた。

何か、言うべきだろうか。

これまでドラーンとの間で会話があるときは、たいていユルーが話しかけ、ドラーンがそれに答える、という感じだった。

自分が何も言わなければ、ドラーンも黙ったままだ。

それでもいいような気がして、ユルーは無言で、ドラーンがパンを割って差し出してくれたのを受け取る。

このまま、ゾンが戻るまでの数日間を、こうして二人きりで過ごせるのなら、会話などなくてもいい。

そして夜になったらまた、ドラーンは自分を抱いてくれるのだろうか。

そう考えただけで腰の奥がずくりと疼《うず》いたような気がした、そのとき。

チャガンが吠えだした。

ドラーンがぴくりとして顔を上げ、ユルーもはっとして外の気配に耳を澄ませると——

馬の足音。

三頭。

チャガンはすぐに吠えるのをやめる。

チャガンが警戒しない相手……部族の誰かだ。

ドラーンがさっと立ち上がって幕屋の外に出て、ユルーも長靴を履いて、半端になっていた身支度を調えると、急いでドラーンに続く。

遠くに見えている馬は、三頭ともよく知っている馬だ。

一頭は……ゾンだ。

昨日、ムラトを送って宿営地に行ったはずなのに、どうしてもう戻ってきたのだろう。

一緒にいる二人は、先日ムラトを連れてきたチヒラ。

もう一人も、四十がらみの、ヤリフという名の部族の男だ。

何かあったのだろうかと思ったが……三頭の足並みは急ぐ様子ではなくゆるやかだ。

ドラーンとユルーが幕屋の外に出ていることに気付いたらしく、ゾンが馬の腹を蹴《け》り、駆け足でみるみる近付いてきた。

「おはよう、ドラーン、ユルー！」

少し照れくさげな顔で、馬から飛び下りる。

「戻ってきちゃった」

「どうしたの？　ムラトは？」

ユルーが思わず尋ねると、同じように馬を駆けさせて追いついてきたチヒラが笑った。

「まあ、聞いてやれ。この坊主はどこかで自分の椀をなくしちまったんだ」

「え⁉」

思わずユルーは声をあげてゾンを見た。

「そうなんだ……」

ゾンは恥ずかしそうに身を縮める。

「昨夜野営して、夜は確かにあったんだけど……朝になったら、なくなってて」

どこかに出かける時は、日帰りでも必ず懐に入れて歩く自分の椀。

それをなくしたら、食べることも飲むこともできない、命の次に大事なものだと、草原の子どもならごく幼い頃に教わることだ。

それをなくすなんて。

「やあ、ドラーン、ユルー」

追いついてきたヤリフが、二人に向かって片手をあげる。

「俺たちは、ハトーと三人で、ここに向かっていたんだ。今朝早くに客人を連れたゾンと出くわしたら、椀をなくしたと言って泣きそうになっていたんで、客人はハトーに連れて行かせて、俺たちはゾンを連れて戻ってきたってわけだ」

確かに、椀も持たずにムラトとの旅を続けることはできないだろう。

だがこの幕屋にも余分の椀などないのだがどうしよう、とユルーは思う。

「ごめんなさい……僕に、仕事を任せてくれたのに」

ゾンはしゅんとしている。

「おおかた、客人連れで緊張して、晩飯のあと自分の椀を片付け忘れたんだろうさ。そこらに転がっていたのを、夜の間に野良犬があさって持って行っちまったんだろう」

ヤリフが豪快に笑う。

「……とりあえず、中へ」

それまで黙っていたドラーンが、落ち着いた口調で言った。

そうだ、こんなところで立ち話をしていても何にもならないし、チヒラとヤリフは数日間の旅をしてきたのだから、まずは茶を出さなくては。

「水瓶はそこです。馬はこっちに」

ユルーがそう言うと、男たちは頷いて馬から下りた。


馬の様子を見てからそれぞれに繋ぎ、ユルーが幕屋に入ると、すでに男たちは自分の椀から茶を飲んでくつろいでいた。

ドラーンが幕屋の主人の位置に座り、二杯目の茶を注いでいる。

そして……しょぼんと縮こまるようにドラーンの隣に座っているゾンが両手で持っている

のは、ドラーンの椀だった。

それを見た瞬間、ユルーの胸に、何かがぐさりと刺さったような気がした。

今朝、あんなにも幸福な思いで、ユルー自身が茶を飲んだ、ドラーンの椀を……ゾンが使っている。

いや……余分の椀はないのだから、ユルーかドラーンか、どちらかの椀を貸すのが正しい。

普通ならしないことだが、どうしようもない場合はちゃんと洗って貸し、借りた方は都合がつき次第新しいものを返すのが礼儀だ。

そしてドラーンは、ユルーの椀を手にしている。

「ああ、ユルー、お先に」

チヒラが片手をあげ、身体をずらして自分とドラーンの間にあった隙間を広げた。

座ってドラーンを見ると、ドラーンは軽く頷いて、茶の入った椀をユルーに差し出す。

ユルーの椀を、ドラーンと交互に使う。

しばらくはそうなりそうで、ユルーもドラーンと椀を共有するのにはなんの抵抗もなく、むしろ嬉しいくらいだ。

血の繋がった同性の親子や兄弟以外では普通しないが、馬を並べる関係の二人だからこそ、椀の共有ができるのだ。

だが、ゾンが、ドラーンの大ぶりの椀を申し訳なさそうに使っているのを見ると、どういうわけか胸がざわつく。

どうせ貸すのならユルーの椀でもよかったはずなのに、どうしてドラーンの椀のほうなのだろう、などと頭の中で考えている。

「それで」

ドラーンがユルーの頭越しにチヒラを見た。

「牧草の刈り取りを？」

「そうだ」

チヒラが頷いた。

彼らがここに来た要件は、それなのだとわかる。

「隣の部族との境界の草地が、火事で燃えたんだ」

ヤリフが眉を寄せてユルーに説明した。

「それで、冬用の牧草の用意に不安が出てきたので、このあたりの草も早めに刈ることになったんだ」

冬になると、山沿いの牧草地は雪に閉ざされる。

ユルーの部族の領土は草が豊かだから、平原の草を刈るだけで冬の準備が足りることが多く、普通の年は山の牧草は刈り取らない。

だが平地の草が火事で燃えたので、山沿いのこのあたりから、牧草を刈り取る必要があるということだ。

「じゃあまず、刈り取る場所を決めないといけないな」

ドラーンが考えながら言った。

ユルーも頭の中で、必要な手順をさっと考える。

いずれにせよ、冬を前にあちこちに散らばっている群れをこの幕屋周辺に集めてきて、宿営地に連れ帰ることになるのだから、この近くの草は最後まで刈るわけにはいかない。

ということは……

「遠くにいる群れから平地に下ろして、空いた牧草地から刈る、ってこと……？」

ユルーが言葉にしようとしたことを、先に声にしたのは、ゾンだった。

「お？」

ヤリフが驚いたように眉を上げる。

「坊主、なかなか賢いな。ドラーン、この坊主は足手まといにはなっていないようだな」

ドラーンが頷く。

「なかなか気が回る、覚えも早い」

もちろんユルーだって、ゾンが賢い、覚えの早い子だということは知っているが……ドラーンがこんなふうに誰かのことを、口に出して褒めることは珍しい。

「こいつの母親に報告してやろう。はじめて遠くの牧草地に手伝いに出したんで、心配しているからな」

ヤリフが頷いた。

そういえばゾンの母親はヤリフの従妹だった、と複雑な部族内の血縁関係をユルーは思い出す。

「……それで、どの群れから？　距離なら西の群れが遠いけど、牧草を刈ることを考えるなら、北の山向こうからかな？　群れがふたつそっちにいる」

ユルーはそう言ってから、自分が無意識に話題をゾンから逸らして引き戻そうとしたことに気付いた。

そしてそんな自分に、何かもやもやとした自己嫌悪を覚える。

これはいったい、なんなのだろう。

「そうだな」

ドラーンは頷いた。

「あっちのほうが、冬枯れが先に始まる。今年は冬が早そうだし、急いだほうがいい」

「わかった、すぐにでもはじめたほうがいいってことだな」

ヤリフが頷いてチヒラを見る。

「まずその群れを連れてくるのを手伝ってから、お前は人手と荷馬を集めに一度宿営地に戻ってくれ。俺は、先に刈り取りをはじめておく」

り考えていた。

「わかった」

てきぱきと男たちは仕事の話を進め、ユルーは、これから忙しくなるのだろうと、ぼんや

今日はまだ夏の名残《なごり》をとどめるいい天気なのに、明日はもう風が冬の気配を含む。

それが、山添いの草原の気候だ。

山向こうの草はもう枯れ始めていて、急速に冬が近付いているのがわかる。

これからあっという間に冬は山から下りてきて、そして草原を覆うのだ。

気がつくと五人の男は、ドラーンとゾン、ユルーとチヒラとヤリフ、という二組に分かれていた。

片方が山に行くときは、片方が幕屋に残る。

チヒラとヤリフとともに、チャガンを連れて北の山の群れを探しに出て最初の野営の夜、ユルーははたと気付いた。

もう……冬になって馬の群れをすべて引き上げて宿営地に戻るまで、ドラーンと二人きりになることは、ないのだ。

あの、身体を重ねた夜、そして翌朝の幸福感も、遠い遠い昔のことのようだ。

食事をし、そろそろ眠ろうかという頃合いに三人で火を囲んでいると、宿営地の噂《うわさ》話などをぽつぽつ語っていたチヒラがふとユルーに言った。

「それにしてもお前たちは、いい一組だな」

ヤリフも頷《うなず》く。

「最初は、あの無口なドラーンが子どもの面倒など見られるのかと思ったが」

「そうそう、ユルーの親に頼まれたとはいえ、ドラーンに向いている仕事とは思えなかったんだがな」

「え……？」

ユルーは思わず、二人の顔を見た。

「頼まれた……仕事……？」

「ああ」

チヒラがこともなげに言った。

「ドラーンは、いろいろな家から頼まれ仕事をしていただろう？　で、ユルーの両親が気の毒に思ったんだろう、ユルーの面倒を見ていろいろ教えてやるかわりに、援助してやることにしたんだよな」

「そうそう」

ヤリフも頷く。

「普通は子守りに金など払わないが、知ってのとおりドラーンは苦労していたからな。ユルーの母親があのとおり優しい人で、よく食事に呼んだりしていたし、ドラーンが無口だが賢い少年だとわかって、普通の親切以上に援助してやりたくなったんだろうな」

「ドラーンもあれでかなり助かったはずだ」

二人は、誰もが知っていることだ、という気軽な口調で話している。

だが……ユルーには、初耳だった。

ドラーンが自分の面倒を見る代わりに、両親から援助を受けていたことなど。

母が、親を亡くして貧しい暮らしをしているドラーンを厚意で食事に招き、ユルーがドラーンに懐き、兄弟のような関係からごくごく自然に、今のような関係になったのだと思っていた。

では……ドラーンにとってユルーの世話は、そもそも「仕事」だったのか。

それはいつまでだろう。

「まさか……まだ」

今に至るまで母がドラーンに賃金を払っているなどということは……？

「そんなことはない」

チヒラが笑う。

「ユルーが一人前の働き手になってからは、ユルーの親からの援助のようなものもなくなっているはずだ。今は、ゾンの親がどうかな」

一瞬ほっとしかけたユルーは、どきりとした。

「ゾンの……？」

「ゾンの親が、ゾンのことも一人前にしてやってくれと、ドラーンを名指しで託したんだよ」

チヒラの言葉に、ヤリフも頷く。

「まあ、ユルーで実績があるってことで、ドラーンが若い者を教育するのに向いてるってことになったんだろう」

「普通は同じ部族の若い者を鍛えるのに金など出すものじゃないが、それだけドラーンが信頼されてるってことだろうさ」

「とはいえ、ユルーの、馬を扱う才能は天賦《てんぷ》のものだ、ドラーンに教わったからといってユルーと同じように馬を扱えるようにはならんだろうが」

「ユルーもたいしたもんだ、お前の作ったジョローは本当にいい馬ばかりだ」

男たちはそう言ってユルーを褒《ほ》めてくれるが、ユルーはどこか上の空になっていた。

ユルーはドラーンが本当に好きで、一緒にいることが嬉《うれ》しかった。

ドラーンもそう思っているから、ユルーと一緒にいてくれるのだと思っていた。

だが、ドラーンにとっては仕事であったのだとしたら……どこまでが仕事で、どこからが違ったのだろう。

ユルーは、ムラトにドラーンとのことを「保護者と被保護者の関係」と言われたことを思いだした。

確かに……自分とドラーンは、始まりがそうだった。

そして今はそうではないと、言い切る自信がない。

「さて、寝るか」

男たちは思い思いに毛布を被《かぶ》って地面に横になり、ユルーも横になって毛布を頭から被ったが、眠れるような気はしなかった。

ドラーンは……ユルーのことを「好き」なのだろうか。

ユルーの頭には、そんな根本的な疑問が浮かんでしまったのだ。

ドラーンの優しさは、ユルーの我《わ》が儘《まま》や望みに応えてくれる優しさだった。

寡黙《かもく》なドラーンの視線や仕草を、ユルーは理解していると思っていたが……本当に、理解していたのだろうか。

していると、勝手に思っていただけではないのだろうか。

思えば、夜の幕屋で布団を並べ……性的な雰囲気になったのも、ユルーの困惑を察したドラーンが手を伸ばして処理を手伝ってくれたのが最初だった。

ユルーはそれを「特別」なことだと感じた。

ドラーンと自分だからこそ、のことだと。

ずっと、ドラーンがそれ以上の関係を求めないのが不思議だった。

そして、先日のあの夜。

とうとう、ドラーンはユルーを抱いてくれた。

だが、どうして今までしようとしなかったことを、してくれたのか。

ユルーが、求めたからだ。

ただ、ユルーが望んだから、ドラーンが応えた。

それは……ユルーが夢見ていた「その瞬間」とは、どこか違う気がする。

翌朝の、どこか甘く恥ずかしい雰囲気も、ユルーだけが感じていたものだったのだろうか。

ドラーンが優しかったのも、単にユルーの身体《からだ》に負担をかけたからと、ドラーンが気遣ってくれただけのことだったのだろうか。

そして今、ドラーンは、ゾンと二人でいる。

もし……ゾンがユルーのようにドラーンを慕い、好きになり、関係を望んだら……応えるのだろうか。

そんなことはない、ドラーンは口数は少なくても自分の意思はしっかり持っていて必要なときは強く意思表示をするのだし、誰彼構わず、望まれれば応えるような人間ではない、とユルーは思う。

だが……ゾンは、明るく素直で、ユルーだって可愛《かわい》いと思う少年だ。

もしドラーンがユルーよりも、ゾンのほうを可愛いと思うようになったら。

自分たちの関係は終わるのだろうか。

いや、そもそも自分とドラーンの関係というのは、なんだったのだろう。

馬を並べる関係になろう、と言われたこともないし、ユルーからそう言って、ドラーンが承諾したわけでもない。

ただ、周りがそういう目で見てそう言うから、ユルーもそうだと思っていただけだ。

少し前まで疑うことなど考えられなかった、自分とドラーンの仲。

ムラトに「本物ではない」と言われて感じた不安も、「本物」になれば消えると思った。

身体を重ねれば、繋げれば、すべての悩みが解決するような気がしていたのに……どうして今こんなにも、辛《つら》いのだろう。

と、毛布越しに何か温かいものを顔のあたりに感じた。

毛布を下げてみると、チャガンの顔があった。

ユルーが覗《のぞ》かせた顔に、ふん、と鼻息をかけてから、どっかりとユルーの隣に身体を横たえる。

俺が側《そば》にいてやる、とでもいうように。

ユルーは思わず、その大きく温かい身体に腕を回した。

普通草原の犬たちは身体に触られることをあまり好まないのだが、チャガンは一瞬もぞりとしただけだ。

慰めてくれているのだ、とユルーにはわかった。

口をきかないチャガンの気持ちが、ユルーにはちゃんとわかる。

ドラーンの気持ちはわからなくなっても。

「ありがとう」

小さく呟《つぶや》き、チャガンが側にいてくれることでなんとか眠れそうな気がしてきて、ユルーは目を閉じた。


北の山から無事に群れをおろし、チヒラは草刈り用の人員を連れに、宿営地に帰った。

入れ替わりにムラトを宿営地に連れて行ったハトーが数人の男を連れてくる。

数日後にはチヒラがさらに五人の男たちを連れて戻ってきた。

荷馬や、犬たちも一緒だ。

ドラーンとユルーの幕屋の近くに二つの幕屋が建てられ、放牧地は小さな宿営地のようになってきた。

もともとのユルーたちの幕屋は小さめのものなので、ゾンと三人で使う。

そして三人で、二つの椀を使っている。

寝るときには、ドラーンを真ん中に、左右にユルーとゾンの布団を敷くように、いつの間にか決まっていた。

ドラーンと二人きりになる隙などないし、ユルーはむしろ、二人になることが怖いような気持ちにすらなっている。

布団を並べていても、ドラーンをこれまでのように近く感じることができない。

だがユルーにとってはむしろ救いとなるのは、昼間があまりにも忙しくて、夜、余計なことを考える前に眠りにつける、ということだった。

山からおろした群れの、一頭一頭の体調を確認する。

刈った草を荷馬に積んで宿営地に戻る男たちに、少しずつ託す馬を決めるのも、ユルーの仕事だ。

馬の身体の判断は、長年馬を育ててきた部族の男たちならみな長《た》けている。

ユルーがみなと違うのは、馬の「気分」をも察することができることだ。

山でじゅうぶん運動し、もう宿営地に戻りたい気分になっている馬。

今しばらく山の上で過ごしたかったのに、下ろされてしまって不満な馬。

気力と体力が充実しすぎて、ただただ人に逆らいたくなっている馬。

ユルーがそれらを見分けて、宿営地に戻る順番を決めて適切な群れに組み直すことで、馬も余計な不満を抱えずにすむし、人間の仕事もてきぱきと進められる。

「ユルー」

ある日、宿営地との間を往復して戻ってきた男が、ユルーに言った。

「族長から伝言だ。馬を買い付けに来たムラトという男のことだが」

「え」

ユルーははっとして、たまたま近くにいたドラーンを、思わずちらりと見た。

ドラーンは、ムラトがユルーと「馬を並べる関係」になりたいと申し込んだことまでは知らないはずだ。

ユルーももちろんムラトの申し込みを受けるつもりなどないのだが、ドラーンに余計なことを知られたくない。

「え、あの、ムラトが……なんて？」

あたふたしながら、思わず声をひそめて尋ね返すと、視界の隅に、ドラーンが荷鞍《にぐら》を積んだ馬を引いて、その場を離れるのが目に入る。

男はユルーの動揺には気付かない様子で、淡々と言った。

「商談はまとまったが、急用ができたので、ここに馬を連れに戻ることはできないそうだ」

ユルーは、身構えた身体の力が抜けるのを感じた。

仕事の話だ。

もちろんそうに決まっている。個人的な伝言など、誰彼構わず言付けて寄越すはずがない。

そしてムラトは戻ってこない……と聞いて、ユルーはほっとしている自分に気付いた。

ムラトの申し込みに、答えを出す必要はないのだ。

答えなど決まっている、ドラーン以外の相手など考えられない、とユルーの答えは決まっているはずだが、そのドラーンとの仲に自信がなくなっている今、余計にムラトのことは気が重かった。

「……それじゃあ、買うことになった馬はどうすればいい？」

ユルーは無理矢理に意識を仕事の話に向けた。

「戻ってくるまで預かってくれってことだ。ユルーならいい状態を保っておいてくれるだろうと言っていた」

「わかった」

ユルーは頷き、思わずもう一度ドラーンを見ると、少し離れたところからドラーンもこちらを見ていて……目が合った。

会話の中身は聞こえない距離だとは思ったが、ムラトがドラーンと自分の二人にではなく、自分だけを名指しで馬を託していったことが、なんとなく後ろめたくて、ユルーの視線が一瞬泳いだ。

ドラーンは表情を変えず、そのままユルーのほうに歩いてくる。

「ユルー」

「な、なに」

ユルーの声が上擦《うわず》った。

ドラーンがこんなふうに、直接ユルーに話しかけてくれるのは久しぶりだという気がする。

「牡馬《おすうま》を分けるのに、ゾンに手伝わせて教えてやってくれるか」

もちろん……この忙しいときに話しかけてくるのは、仕事の話に決まっている。

だが、ゾンの名前が出たことで、ユルーの胸がちくりと痛んだ。

「……わ、わかった」

ユルーは答え、そして……ドラーンともっと話がしたい、と思った。

だが、何を？

僕のことを好き？　と？

あの夜のことを、覚えているよね……？　と？

だがそれでドラーンに「今するような話じゃない」と言われてしまえばそれまでだし、そんなふうに言われてしまうことも、辛い。

ユルーが躊躇《ためら》っている間、ドラーンは黙ってユルーの前に立っていた。

だがユルーが何も言わないので、小さくため息をつき……

「じゃあ、頼んだ」

短く言って踵《きびす》を返し、ユルーは、そのドラーンの広い背中が遠ざかっていくのを、切ない気持ちでただ見つめていた。

どうしてこんなに、ドラーンが遠くなってしまったのだろう。

何がいけなかったのだろう。

わけがわからない。

と、ゾンがユルーのほうに向かって走ってきた。

「ユルー、牡馬を分けるの、手伝えってドラーンが」

真《ま》っ直《す》ぐにユルーに向ける瞳《ひとみ》が、きらきらしている。

こんな瞳で、ドラーンのことも見ているのだろう。

ドラーンも、親からゾンのことを頼まれた「仕事」としてばかりではなく、素直でやる気のあるゾンを、可愛いと思い、目をかけ、仕事を覚えさせたいと思っているのだろう。

「ユルー？」

ゾンがちょっと首を傾《かし》げてユルーを見る。

その瞬間、年は三つ下でも、ゾンと自分の身長はそれほど変わらないのだと、ユルーは気付いた。

別にそんなことに気付いても、意味など何もない。

「あ、うん」

なんとか頭を仕事のことに振り向ける。

今朝山からおろしてきた群れから、まだ興奮している馬と落ち着いている馬を分け、落ち着いているほうを群れに入れる。

興奮している馬を急に囲いに入れると、暴れて他の馬を傷つけたり、群れごと暴走したりする危険もあるから、単純だが見極めの難しい作業だ。

山からおろした馬たちを個別に繋いである場所まで、ユルーとゾンはそれぞれの馬に跨《また》がって移動し、そして馬から下りた。

「僕が一頭ずつ選んで乗るから、ゾンは囲いの入り口を開け閉めしてくれる？」

ユルーがそう言うと、ゾンが頷く。

ユルーは距離を空けて一列に繋がれている馬たちに近付いた。

一番手前の一頭が、ユルーを見てもどかしげに前足で地面を掻《か》く。

「よしよし」

ユルーはその馬にゆっくり近付いて鼻面に手を伸ばした。

「夏の間、じゅうぶんに遊んだ？」

馬は少し首を上下に振り、ユルーの手が鼻面に触れると、こちらに首を伸ばしてくる。

この馬は大丈夫だ。

ユルーは繋いであった縄を解き、馬の背に乗った。

鞍はついていないが、草原の男なら鞍なしの馬にも乗れる。手綱さえついていれば、自由に操ることもできる。

少し歩かせて馬の体調と気分を確かめてから、ユルーは囲いに近付いた。

「ゾン、開けて」

ゾンは頷き、囲いの入り口を開け、ユルーが囲いの中に馬を乗り入れるとすぐに閉めた。

ユルーはひらりと馬から下り、柵をくぐって外に出る。

「じゃあ……次」

数頭を選んで、そうやって柵に入れながら、ユルーは少し迷った。

これで、ゾンに仕事を教えていることになるのだろうか。

実のところ、ユルーは年下の少年に仕事を教えたことがない。

ドラーンに教えられ、仕事ができるようになってもずっとドラーンと組んでいたから、その必要がなかったのだ。

ドラーンが「教えてやってくれるか」と言ったのは、ゾンも早く一人前にしてやりたいと思っているからだろう。

だったら、自分もそうしないと。

「ゾン」

ユルーは言った。

「次の馬を、ゾンが囲いに入れてみる?」

「いいの？　やりたい！」

ゾンが嬉しそうに頬《ほお》を染めて叫び、ユルーは頷き、一緒に馬の列に近付く。

「次の二つ星は、まだだめ。鼻の穴が膨らんで、ちょっと息が荒いのがわかる？」

ゾンは頷いた。

「なんとなく。そうすると、次の耳黒も……かなあ？」

「耳黒は大丈夫。呼吸が、少し違う」

ユルーの答えに、ゾンは首を傾げる。

「そうなのかな、俺にはわからない。ユルーはすごいんだね」

ユルー自身、ほんのわずかな呼吸や仕草の差で、馬の微妙な状態がわかることは自分にとっては自然だが、他人にはどう教えていいのかわからない。

「じゃあ……乗って」

ゾンが耳黒の綱を解いて乗ったので、ユルーは柵に向かう。

「もう柵に入りたがっているから、そのまま」

ゾンが柵の中に乗り入れたので、ユルーは入り口を閉めた。

同じようにもう数頭を、柵に入れる。

そうしながらも、これでゾンに教えていることになるのだろうか、ドラーンがユルーに求めていたのはこういうことなのだろうか、と不安になり、思わずあたりを見回すと……

少し離れたところで、ドラーンが荷馬に草を積む作業をしながら、こちらを見ているのがわかった。

やはり……ユルーが「教える」ことに、不安があるのだろうか。

だったら、ドラーンが直接ゾンに教えたほうがいい。

ゾンだって、きっとそのほうが……

そのときゾンが、

「次は胸白でいいんだよね？」

そう尋ねたのが耳に入り――

「あ、うん」

ユルーは半ば上の空でそう言って振り向いた、瞬間。

ゾンが乗った馬が鋭いいなきを発し、後ろ足で立ち上がったのが見えた。

「ゾン！」

ユルーが叫ぶのと同時に、馬は今度は前足をついて、両後ろ足を激しく後ろに蹴《け》る。

ゾンがたてがみにしがみついたのがわかった。

馬はそのまま、恐ろしい勢いで駆けだしていく。

ユルーはアルサランに飛び乗り、後を追った。

ゾンを乗せた馬はジグザグに、全く進路が読めない動きで、時折前足や後ろ足を跳ね上げながら走り回っている。

あんな動きをしている馬に、鞍なしで乗り続けることは不可能だ。

まして……経験の浅いゾンでは。

それでもユルーは馬が北の山のほうに向かって走っているのに気付き、急いで進路を横切るようにアルサランの向きを変えた。

「ゾン！　手を離さないで！」

自分が追いつくまで落ちないでいてくれれば、アルサランを並べてゾンの身体をこちらに引っ張ることができる……！

しかし馬は、ゾンを振り落とそうと激しく身体を揺すりながら走り続ける。

アルサランがなんとか馬に追いつきかけたとき……馬が後ろ足で棒立ちになり、ゾンが悲鳴をあげて馬の後ろに転がり落ちた。

馬が向きを変え、前足を上げる。

ゾンが、踏まれる……！

その瞬間、ユルーの反対側から矢のように黒いものが近付いてきた。

ドラーンを乗せたフンディだ。

ドラーンが馬体から大きく身を乗り出して手を伸ばし、倒れたゾンの腕を掴んで鞍の上に引っ張り上げ、そのまま駆け抜ける。

一瞬遅れて、たった今までゾンがいた場所に、馬は前足を激しく下ろした。

その瞬間を捕らえ、ユルーはアルサランの背から、暴れている馬に飛び移った。

強く両腿《りょうもも》に力を入れ、同時に、馬の動きに自分の動きを合わせる。

馬が動きたいように、しかしその動きを少しずつ小さくなるよう導いてやり……なおも数度蹴るような動きをしてから、馬はようやく止まった。

「よし、いい子だ、大丈夫、そう……そう、いい子」

ユルーは馬の首筋を何度も撫《な》でながら、声をかけ続けてやる。

馬をなんとか落ち着かせ、ユルーは近くの杭《くい》にその馬を繋いでから、急いで辺りを見回した。

ゾンは、ゾンは無事だろうか。

少し離れたところで、ドラーンが馬を下り、地面にかがみ込んでいるのが目に入り、ユルーは駆け寄った。

騒ぎを目にした男たちも集まってくる。

そして……真っ青な顔をしたゾンは地面に横たえられていた。

ユルーの心臓が止まったような気がした。

まさか……打ち所が悪くて……！

ドラーンが慎重な手つきで、ゾンの身体のあちこちに触れる。

「……い、って……っ」

足首に触れたときゾンが顔をしかめて声をあげ、ユルーは思わず止めていた息を吐いた。

生きている。

「ここか。こっちはどうだ？」

ドラーンがさらに確かめ、ふうっと息をついた。

「足首を捻《ひね》っているのと、あとは打ち身だ。運がよかった」

集まっている男たちも安堵《あんど》の声をあげた。

「幕屋に連れて行こう。起き上がれるか」

数人がゾンに手を差し出し、ゾンは顔をしかめながらも上体を起こす。

打ち身とはいっても不意の落馬で全身を打っているのだから、相当に痛むはずだ。

「ゾン……ごめん……」

ユルーがようやく声を出すと、ドラーンが今ユルーの存在に気付いたかのように振り向いた。

「いったい何をしていた！」

ドラーンが厳しい声を出す。

「ご……ごめんなさい」

ユルーはそう繰り返すしかない。

何をしていた。

よくわからないが……ゾンの言った、胸白と腹白を聞き間違えたのかもしれない。

あの瞬間ユルーは、ドラーンに気を取られていて……ゾンの言葉をちゃんと聞いていなかったのだ。

「ちが……ドラーン」

大柄な男に抱き上げられていたゾンが、弱々しい声をあげた。

「俺が、間違えたのかも……」

「違う、僕が」

二人の言葉を、ドラーンが手で止めて、ゾンを見つめる。

「あの場で事故を起こしたのはユルーの責任だが、そのユルーにゾンを任せたのは俺の責任だ。俺が悪い。ゾン、申し訳なかった。お前の両親にも謝らなくては」

ユルーははっとした。

ドラーンが……自分の、責任だと。

ユルーにゾンを任せる判断をしたことが、間違いだったと……そう言っているのだ。

そして、ゾンの両親にもドラーンが謝る……この場で起きたことの責任を、ユルーに取らせるのではなく、自分で取ろうとしている。

「ドラーン、それは違──」

「ユルー」

ドラーンがユルーを真っ直ぐに見つめる。

怒っているのではない、どこか……悲しいような、不思議な視線。

「いいから、今は騒ぎで興奮した馬を落ち着かせるんだ。仕事に戻れ」

諭すような口調。

ユルーは、胸にぐさりと刃を突き刺されたように感じた。

そのままドラーンはゾンを抱いた男のほうを振り向き、

「ゾンを頼む、あとは、仕事に戻ろう」

男たちにもそう言って、その場を離れる。

ゾンを抱いた男は幕屋に向かって歩いて行き、他の男たちも自分の仕事に戻っていく。

その場に取り残されたユルーは、ドラーンの後ろ姿を見ながら、自分の胸のあたりを手で押さえた。

この痛み。

ドラーンは、ユルーが起こしたことの責任は自分にあると言い、そしてユルーを責めるのではなく、諭した。

それは、一緒に仕事をしている対等な立場の男同士ではなく……ドラーンが、ユルーの存在にも責任を負っていると、考えているということだ。

自分はドラーンに保護され、守られている。

そういうことだ。

ユルーは、自分はドラーンと対等に、この放牧地での仕事を分かち合っていると思っていた。

ドラーンにはドラーンの長所があり、自分には自分にしかできないことがあると自負していたつもりだったが、それは思い上がりだったのだ。

たとえばゾンのような少年に仕事を教えるということにしても、自分は全くドラーンに及ばない。

ユルーは自分の得意なことだけをやり、ユルーが気付かないその他のことは、すべてドラーンが担ってくれていたのではないだろうか。

保護者と被保護者。

ムラトが言っていたことは、正しかった。

馬を並べる関係だと言われていい気になって、ドラーンに甘えることしかしてこなかった自分は、ドラーンと対等に馬を並べてなどいなかった。

ドラーンはそれに気付いていたのだろうか。

だから、ユルーが強くねだるまで、身体を重ねようとはしなかったのだろうか。

そしてそれすら……保護者としてのドラーンが、ユルーの我が儘を聞いてくれたというだけのことだったのかもしれない。

こん、とユルーの肩に何かが当たった。

いつの間にか側まで来ていたアルサランが、鼻面でユルーに触れたのだ。

「あ……あ、仕事をしないとね」

ユルーはぎゅっとアルサランの鼻面を抱き締めてから、なんとか気を取り直して繋がれた馬たちのほうに向かった。


幕屋で寝ているゾンを見舞えたのは、日が落ちてからだった。

ゾンは布団の上に仰向《あおむ》けに寝ていて、ユルーを見るとにこっと笑った。

「大丈夫?」

「大丈夫、動かなければ痛くないから」

ゾンはそう答えたが、その目は熱で潤んでいる。

落馬して全身を打つとその夜発熱するのは、草原の男なら誰でも経験のあることだ。

打ち身の部分と捻った足首に医術の心得のある男が薬草の絞り汁で作った湿布を当ててやっているので、全身をその薬草の香りが包んでいる。

「ゾン、本当にごめんね」

「ユルーのせいじゃないから」

ゾンは首を振る。

「たぶん俺が言い間違えたんだ、俺、胸白って言うつもりで腹白って言っちゃったみたい」

そうだろうか？

確かに暴れた馬は胸白だったが……ユルーにはもう、よくわからない。

だがあの瞬間自分がぼんやりしていなければ、「それは違う」とゾンを止めることはできたはずなのだ。

「それよりさ」

ゾンがユルーを見つめた。

「他の話がしたいな……俺、ユルーとゆっくり話してみたかったんだ」

「僕と……？」

思いがけない言葉に驚いていると、ゾンが頷く。

「ねえ、ユルーは、ドラーンと、馬を並べる関係なんでしょ？」

ユルーはぎくりとした。

そうだと、思っていた……が、そうではなかった、と気付いてしまったドラーンとの関係を、本当はなんと呼べばいいのだろう。

ユルーの顔色が変わったのには気付かない様子で、ゾンは天井を見上げながら言葉を続ける。

「俺、前から、羨《うらや》ましいなあって思ってて。俺も頑張ってユルーみたいになれば、ドラーンみたいな人と、そういう関係になれるのかな、って」

そう言って、ゾンはユルーに視線を戻し、にこっと笑う。

「だから、ユルーは俺の憧《あこが》れなんだ。これからも、もっといろいろ教えてね」

ユルーは、胸が詰まった。

ゾンは、ユルーのことを憧れの存在だと言う。

だがそれは……ユルーのようになって、ドラーンのような人と、馬を並べる関係になりたい、つまり……ドラーンに憧れているということだ。

ユルーは、ゾンの背丈が自分とそう変わらないと感じたことを思い出した。

三歳年下の少年は、まだ子どもだと思っていた。

だがユルーがゾンの年齢のときには、もうはっきりとドラーンへの気持ちを自覚していた。

ゾンが、ドラーンと馬を並べていても、不思議はないのだ。

そしてユルーは気付いた。

ゾンとドラーンが一緒にいるのを見ていると感じた、もやもやとした胸のざわつき。

それは……ドラーンの隣にいるのが、自分ではなくゾンであることに対する……ゾンに対する、嫉妬《しっと》だったのだ。

自分はゾンに嫉妬していたのだ。

そんな感情が自分にあるとは思わなかった。

自分は……醜い人間なのだ。

そう思った瞬間、胸の奥に何か熱い塊がつかえたような気がして、声が出なくなる。

「ユルー……？」

ゾンが不思議そうにユルーを見る。

ユルーは慌てて、ごくりと無理矢理に唾を飲み込んだ。

「きっと……ゾンには、ゾンにふさわしい人が、いるよ」

なんとか言葉を絞り出すと、ゾンが嬉しそうな顔になる。

「そうかな……ドラーンみたいな人が、いるかな」

「うん」

頷きながら、ユルーは思っていた。

ドラーンみたいな人……または、ドラーンその人。

「さあ、休まないと。よく寝てね」

ゾンの額に乗っている濡《ぬ》らした布が温かくなっているのを確かめて、水瓶の水でもう一度冷やしてから、額に載せてやる。

ゾンはもう、うとうとしかけていた。

「……おやすみ」

小声で言って、ユルーはそっと、幕屋を出た。

間もなくドラーンが戻ってくる。

今夜はこの幕屋で眠るのは辛い。

行き会った男に「今日は外で寝るので、ドラーンにそう伝えて下さい」

そう言って少し離れたところに繋いであるアルサランの側に行くと、ユルーは蹲《うずくま》った。

ユルーのあとをそっとついてきていたチャガンが、ぴったりと寄り添うように身体を横たえる。

こんなふうに……チャガンにも、守られている。

両親に、ドラーンに、チャガンに守られて、自分は、自分の両脚で立ってなどいなかったのだ、とユルーは思い……

星空を見上げながら、ひとつの決意を固めていた。


翌日の朝、朝食の前の一仕事を終えてドラーンが幕屋に戻ろうとするところで、ユルーは声をかけた。

「ドラーン」

ドラーンははっとして振り向く。

「ユルー、昨夜は――」

「ちょっと考えたくて、アルサランとチャガンと一緒にいた」

そう言いながら、ドラーンの目がわずかに寝不足で赤いことにユルーは気付いた。

ドラーンにこんなことは滅多にない。

ゾンに怪我をさせてしまったことに責任を感じて、眠れなかったのだろうか、と思う。

「朝食は」

言いかけたドラーンに、ユルーは首を振った。

「僕は、ドラーンに言いたいことがあって」

ユルーの口調に決意のようなものがあることに気付いてか、ドラーンが眉《まゆ》を寄せる。

「昨日のことなら俺も言いすぎた、お前は」

「そうじゃなくて」

とにかく、言うべきことを言ってしまわなくては、とユルーは早口になった。

「僕は、ドラーンとの関係を……見直したいと思って」

「……見直す？」

ドラーンの眉が寄る。

「どういう……」

「僕は、僕とドラーンは馬を並べる関係だと思っていたんだ」

ユルーは、自分の声が震えないように、と願った。

「でも、本当はそうじゃなかった、って気付いたんだ……だからもし、ドラーンが、僕に対して個人的に何か……責任があるとか、そういうふうに思っているのなら、それはもうやめてくれていい……僕は、自分のことには自分で責任を負って生きていくから」

二人が本当に「馬を並べる関係」だったのなら、それを「解消しよう」と言うだけで済んだだろう。

だがそうではなかったのだから、自分でもまだるっこしい言い方になる。

ドラーンは沈黙し……ユルーの真意を探るようにじっと目を見つめ……唇を噛《か》み……そして、低い声で、尋ねた。

「つまりそれは、今までのようではなくなる、ということか」

ユルーは頷いた。

そう、ドラーンは理解してくれたのだ。

「うん。今までのようではなくなる」

特別な一対と見られる関係ではなくなる。

同じ部族の、他の誰とも変わらない、一人の男と男になる。

ユルーはドラーンの目を真っ直ぐに見つめた。

「僕は、ドラーンといるのが楽しかった」

ドラーンのことが本当に好きだった。

それは今も変わらない。

だがもう自分は、これまでのように無邪気にドラーンに甘え、ドラーンと二人で楽しい時間を過ごしていくことはできない。

何か起きたときの責任をドラーンに負わせることも望まない。

ドラーンと一緒にいる自分は子どもだった。

このまま子どもであり続けて、ドラーンに負担をかけ続けるわけにはいかない。

自分は、ドラーンにふさわしい人間ではなかったのだ。

「これまで……ありがとう」

ユルーの言葉に……ドラーンは、無言だった。

表情は変わらず、ただ瞳が、わずかに揺れる。

やがて、ドラーンはゆっくりと口を開き……

「わかった」

短く、そう言った。

そしてユルーには、ドラーンはそれ以上何も言わない、とわかった。

ドラーンは関係の解消を受け入れたのだ。

これまでずっと、ユルーの我が儘や望みを受け止めてくれていたように。

「ありがとう」

ユルーはそう言って、少し躊躇ってから言った。

「僕は今夜から、チヒラの幕屋に移るから」

チヒラの幕屋は人数が少なく寝場所の余裕がある。

「わかった」

もう一度ドラーンはそう答える。

そのとき、少し離れたところにある隣の幕屋から、男たちが出てきた。

「おい、もう朝食は済んだのか、今日は誰が西の山に入る？」

「あ、ドラーンの朝食はこれからです！　僕はこれから一度アルサランを走らせてきて、それから、西の山の草刈りに行きます！」

ドラーンが何か言う前にユルーはそう答えて、ドラーンの側を離れた。

ドラーンの顔は見ずに。

ドラーンがあまであっさりと、ユルーの言葉を受け入れてくれたのは……つまり、これまでユルーがドラーンを想っていたほどには、ドラーンは自分を想ってくれていたわけではなかったということだ。

心のどこかでわかっていたようで、直視しようとしなかった現実。

ドラーンはユルーの親に頼まれて面倒を見、そして年上の男として、性的に導きもした。

だが、離れる時期が来た。

ドラーンにとっては、それだけのことだったのだろう。

つまり、これでよかったのだ。

アルサランに乗り、軽く腿に力を入れただけで、アルサランはユルーが望んでいることを察して駆けだした。

草原を、人が誰もいない方角に、全速力で。

風が顔に当たり……ユルーは、瞳が曇るのを感じた。

自分のこれからの人生に、ドラーンはいない。

ドラーンの少し細めた優しい目、温かな掌《てのひら》、逞《たくま》しい背中や胸、自分だけのものだと思っていたドラーンのすべては、もう遠い。

一度だけ身体を繋げた、あの熱く幸福な記憶も。

「……っ」

ユルーの喉が絞まり、次の瞬間、嗚咽《おえつ》が漏れ出た。

流れ落ちる涙は風で背後に吹き飛ばされていく。

「ドラーン……っ」

ユルーはアルサランの首に顔を埋《うず》めた。

アルサランの足取りがゆるやかになる。

その背の上で、ユルーはただただ肩をふるわせて泣いていた。

馬を宿営地の周囲に戻し、冬を越すのにじゅうぶんな量の干し草が積み上がると、各地に散らばっていた放牧地からもすべての男たちが引き上げてきて、宿営地に賑《にぎ》わいが戻ってきた。

ユルーは最後に放牧地の片付けをして一人で戻ってきたのだが、その頃には部族の人間すべてが、「ドラーンとユルーが関係を解消したようだ」ということを知っていた。

母は何も言わなかったが、これまで頻繁にドラーンを食事に呼んでいたのに、招こうと言い出さないことからも、母も知っているのだとわかる。

母の幕屋に戻って数日後には、父亡きあと家長となって自分の幕屋を構えている異母兄が訪ねてきた。

「ドラーンから卒業したって？」

幕屋に入ってきてユルーの顔を見るなり、兄は屈託のない口調で言った。

眼光の鋭い、日に焼けた顔は、亡くなった父とよく似ている。

「あ、ええ」

ユルーが答えると、兄は豪快に笑ってユルーの肩を叩《たた》いた。

「そういうものだ、お前も大人になってきたということだ。ドラーンはいい男だから、俺の娘がもう少し年がいっていればやりたいところだったが、まあ同じことを考えている親たちが大勢いるだろうよ」

その言葉に、ユルーははっとした。

「それは……ドラーンが、結婚する、と」

「あいつもいい年だ、二十五にもなれば、嫁取りをしてもおかしくはない」

兄に茶の椀を差し出しながら母が尋ねる。

「そういう話が出れば、うちからも少しは、何かしていただけますか？」

「もちろん」

兄は頷く。

「娘を嫁にはやりたいが財産がないのが不安だなどという連中もいるでしょうから。ドラーン自身もある程度は貯めているでしょうが、ユルーがさんざん世話になったことだし、結婚が決まれば馬二頭くらいは祝いにやるつもりですよ」

「そうね、私も織物と刺繡《ししゅう》を一揃《ひとそろ》い、ドラーンのお嫁さんに送りましょう」

母と兄の会話を聞きながら、ユルーは自分の心臓が冷たくなっていくような気がしていた。

ドラーンの結婚。

馬を並べる関係とみなされていた年下の男と関係を解消したドラーンは、いわば、結婚市場に出たと思われているのだ。

普通、財産のない男は、自力である程度の財産を作って三十くらいで結婚する。

ドラーンはまだ二十五だから、ユルーとしてはむしろ、もう一度別の男と馬を並べる関係になるのかもしれない、としか考えていなかった。

そして以前のドラーンは、仕事のできる、浮ついていないいい青年ではあるが、財産がないから条件のいい結婚相手とは目されていない感じだった。

だがいつの間にか、少しばかり貧乏でも娘をやりたいと思われるくらいに、ドラーン本人の価値が部族の中で認められ出していたのだ。

ユルーはそんなことにも気付かなかった。

ドラーンの魅力を知っているのは自分だけだと、思い上がっていたのかもしれない。

そして母も兄も、そんなドラーンに「ユルーがさんざん世話になった」礼として、贈り物をする用意がある。

それはつまり……ユルーの家族がこれまでにもそういう礼を、折に触れドラーンにしてきたということなのだろう。

結婚すれば、ドラーンにとって一番大切なのは、妻と子どもたちになる。

当たり前のことなのに、そう考えるとなんだか息苦しくなる。

「ユルー。お前もだぞ」

ふいに兄がそう言ったので、ユルーはびくりとした。

「え、な、何が」

「お前だっていずれは嫁を貰《もら》うのだから、これという娘がいれば母上に言っておくんだ。お前にはじゅうぶんな財産を分けてやれるのだから、心配はない」

自分が……結婚。

それこそ、考えたこともなかった。

父がもともと部族の有力者で財産家でもあり、あとを継いだ兄も父と同じようにユルーを可愛がってくれているし、母も父と結婚するときに実家から持たされた財産があるから、ユルーは結婚相手としてはかなり条件がいい。

とはいえ、いくらなんでもまだ早いし、遠い将来のこととしても、ユルーは自分の結婚など、考えたこともなかった。

「結婚はいいものだ」

兄はユルーの母とユルーを交互に見た。

「特に相手がお前の母上のような人ならばなおさら。父さんの晩年が本当に幸せだったのは、お前の母上のおかげだ。母上のような人がこの世にもう一人いればいいのだが」

「ばかなことをおっしゃらないで」

母が苦笑する。

「あなたの母上も素晴らしい方だったと伺っていますよ。それに、あなたの奥さまだって」

「ああ、それはそうです。では母上とは違う、ユルーのためだけの誰かが現れればいい、と言い直しましょう」

兄は真面目《まじめ》な顔になって頷く。

ユルーはそのやりとりを見ながら、父がいた頃の両親の様子を思い出していた。

父は兄よりも口数は少なかったが、母を見つめる視線は、いつも優しく甘かった。

もともと人質として族長の妾《めかけ》になるためやってきた母と恋に落ちた父が、族長に強く願って妻にと貰い受けたのだ。

そのとき父は最初の妻を亡くして何年も経った、中年に足を踏み入れた男だったし、母はうら若い乙女だったはずだが、一目で互いに惹《ひ》かれる何かがあったのだろう。

そしてその「何か」が、父が亡くなった今もまだ、二人を強く結びつけている。

だからこそ、異母兄も実の母のように、ユルーの母に気を許している。

だがユルーは、自分にもそんな「誰か」が現れるとはとても思えずにいた。

冬の宿営地は人が多く、男たちは宿営地の周囲の冬囲いに集めた家畜の世話に総掛かりになる。

ユルーも父の財産である一群れの馬と羊、そして部族の共有財産である血統のいい馬の一群を任された。

これまでは必ずドラーンと組んでいたが、今年は違う。

ユルーが意図したわけではないのだが、ごく自然に、はじめて組む部族の何人かの男と一緒に仕事をすることになっていた。

「ユルー」

その、一緒に仕事をしている一人の若い男が、ユルーに声をかけた。

「一区切りついたら、遠乗りに行かないか？」

「え」

ユルーはまたか、と戸惑いながら思った。

近頃たびたび、遠乗りの誘いがある。

雪が来る前にできるだけアルサランを走らせてやるのはいいことだが、他の馬と一緒だとアルサランの望む速度で走らせ続けることができない場合もある。

よほど気心の知れた相手と馬が一緒でないと、却《かえ》って馬が疲れる場合もあるから気が進まないのに、どうしてこういう誘いが増えているのだろう。

「あの……アルサランは、一頭で走らせたい馬なので……」

ユルーがそう言っても、相手の男は引き下がらない。

「じゃあ、アルサランでない馬でもいいんだ」

ユルーはますます戸惑う。

父の馬の何頭かもユルーが時々走らせているが、順番というものもある。

どの馬でもいいと言われても、馬を走らせるための遠乗りは散歩ではないのだから、急にそう言われても困る。

「鈍いな」

傍《かたわ》らで二人の会話を聞いていた年上の男が笑い出した。

「ユルー、そいつは、お前さんに申し込んでいるんだよ、馬を並べて走りたいってな」

「え」

馬を並べて……？

次の瞬間ユルーははっと理解した。

つまり、ドラーンとの関係を解消したユルーに、次は自分を候補にしてくれないかと申し込んできているのだ。

これまで何人かに遠乗りに誘われたが、それはそういう意味だったのか。

「いえ、あの、僕は」

ユルーは慌てて首を振った。

「今は……そういうのは」

「ほら、だめだと言っただろう」

　年上の男が、ユルーを誘った男に言った。

「ユルーにだって選ぶ権利がある。お前は自分がドラーンよりもいい男だって自信があるのかい？」

「そういうわけじゃないんだけどさ」

　若い男は頭を掻いた。

「うちの親だって、ユルーがドラーンと解消したんなら、お前が頑張ってみろって言うんだよ」

「ばかか」

　年上の男が呆《あき》れた顔になる。

「馬を並べる関係ってのは、結婚と違って、親も親戚も関係ない、本当にその二人だけの、一対一の関係なんだ。親がどうとか言ってる時点でお前に資格はないよ。まずは、ユルーと組んで対等に仕事をできるくらいに、馬の扱いの達人になることだな」

「厳しいなあ」

　若い男は笑って、ユルーを見た。

「まあ、もし一度くらい遠乗りに行ってもいいと思ってくれたら、そう言ってよ」

ユルーは曖昧《あいまい》に頷きながら、今聞いた年上の男の言葉を頭の中でぼんやりと反芻《はんすう》していた。

親も親戚も関係ない、その二人だけの、一対一の関係。

馬を並べる関係というのがそういうものなら……やはりユルーの親に頼まれてはじまったドラーンとの関係は、本物ではなかったのだ。

もしかしたら……ユルーがもっと、自分がドラーンに保護されていることに気付いて大人になっていれば、その関係は変わっていたのかもしれない。

だが、もう遅い。

その冬、ユルーはドラーンの姿を時折離れたところから見かけるだけだった。

本格的な冬を前に、男も女も総出で冬場の食料としての家畜の処理や、粉に挽《ひ》いた小麦の貯蔵などの仕事に忙しい。

それが一段落すると、男たちは冬を越す動物たちの世話や馬具や農具の修理、女たちは織物や刺繍などの冬の仕事に移っていく。

ドラーンもユルーと同じように、何人かの男たちと組んで部族の馬の面倒を見ている。

部族としては、馬の扱いに長けたドラーンとユルーが、それぞれに別の群れの面倒をみるようになったことは、それはそれで便利なことだと受け止めているようだ。

しかし、誰かに馬のことを「教える」ということに関しては、ユルーはドラーンの足元にも及ばない。

ユルーは常に「自分がそう感じるから」「馬がこう感じているように思えるから」としか言えないのだが、ドラーンは短く少ない言葉で、必要なことを相手に理解させることができる。

ユルーにできることは、自分が任された馬の面倒を一生懸命みることだけだ。

だから自然に、ユルーが組む相手はある程度自分のやり方を確立している大人で、ドラーンが組んでいるのは経験の浅い若者たち、という感じになっている。

ユルーは自分が組んでいる男たちから、ドラーンとはまた違うやり方を学び、そして自分が感じていることをなんとか言葉にして相手に伝えようと努力しながら、やはり自分はこれまでぬるま湯の中にいたのだと思う。

ドラーンとだけ組んで、ドラーンのやり方だけを学び、そして自分の感覚を言葉にしなくても理解してくれるドラーンに甘えていた。

だがこれからは、そうはいかないのだ。

ユルーの耳には、どこそこの娘たちが最近ドラーンを見るとそわそわするとか、だれそれの妹がドラーンの上着を繕《つくろ》ってやったとか、娘をやりたいと申し出た親に、ドラーンが丁重に断りを入れたとか、そんな話が入ってくる。

そして、ドラーンに「ユルーの代わりになりたい」「ドラーンと馬を並べたい」と申し込む若者たちがいることも。

そしてそのドラーンの側に、ゾンを見かけることも多い。

いつか、ゾンがドラーンの新しい相手になるのだろうか、と思うとユルーの胸は痛む。

今はまだゾンも、ユルーと同じように親に頼まれたドラーンが面倒を見ている状態だろうが、ゾンがユルーよりも賢く、ドラーンの隣に立つのにふさわしい大人になっていけば……

ドラーンもその気になるかもしれない。

ドラーンのためにはそのほうがいい、と思いつつも……ユルーはそれが自分でなかったことが辛い。

ユルーは、自分の中にずっと大きな場所を占めていたドラーンがいなくなって、空っぽになったような気持ちを持て余し続けていた。


周囲の遠い山々が完全に白く染まり、草原もたびたび雪に覆われるようになってきたある日、族長が部族の男たちに招集をかけた。

会議だ。

族長はそのしばらく前から宿営地を留守にしており、「王のところに行っているらしい」という噂はあったのだが、相変わらずユルーたちにとっては、「草原をまとめた王」というのは噂話程度の、遠い存在だった。

草原が一人の王をいただくひとつの国になったといっても、東の国境で起きている戦は草原の北西の端に位置する部族にとっては遠い話だったし、部族の方針についての会議も、夏場に行われれば放牧地に行っている男たちは加わらない。

だからユルーも、会議に加われる年齢になっているとはいえ、大きな部族会議はこれがはじめてのことだ。

「また、どこかで戦があるのだろうか」

「馬を出せという話なら、別に会議で決めなくてもいいと思うのだが」

「王都とやらで何か儀式か祭りでもあるのかもしれんな」

「ジョローを大量に買い付けたいという話なら、出せる頭数などを決めなくてはいけない」

男たちはそれぞれに議題について想像しながら、族長の幕屋の横に設けられた、会議用の大きな幕屋に入っていく。

冬場のことで、襟《えり》に毛皮のついた毛織りの上着に、さらに袖無しの毛皮を羽織った男たちがびっしりと詰め込まれると、冷え込む草原の冬だというのに幕屋は少しむっとするくらいだ。

ユルーの異母兄は父のあとを継いで部族の有力者となっているから、奥まった一段高いところに座る二十人ほどの中に入っている。

ユルーは他の若者たちと一緒に後方の土間にあぐらをかく。

無意識にドラーンを探すと、少し離れた年長の男たちの中に、その姿があった。

周囲の男たちがあれこれ会話をしている中で、一人、黙って端然と座っているのが、ドラーンらしい。

やがて、族長が姿を現し、奥の段の、中央に座った。

ユルーにとっては祖父といってもいい年配のずんぐりとした頑丈な男で、昔からたくわえている豊かな髭《ひげ》は近年真っ白になっているが、まだまだ意気軒昂《けんこう》だ。

「今日はよく集まってくれた」

少ししゃがれた族長の声が聞こえると、男たちはさっと静かになった。

「昨日まで、王都に行っていた」

前置きはなく、族長が切り出す。

「東の国境はひとまず落ち着いたが、完全に安心とはいかないようだ。そして、西側に不穏な動きがあるという話も出た」

東は遠いが、西は近い。

しかし西側は山々によって守られていて、いくつかの谷や峠が通じているだけだ。

不穏というのはどういう意味だろうか。

「西は安心だと我々はこれまで思ってきたが」

族長は、男たちの胸に浮かんだ疑問を読み取ったように話を続ける。

「東の国が、西の大国に向けて出した使いが、草原を突っ切ろうとして捕らえられた。両側から草原を攻めようという誘いの書状をもっていたそうだ。まるで草原の者のような格好をしていたが、馬の扱いが無様なので怪しまれたようだ」

東の国が……西の大国に、使い？

ユルーは、頭の中で、知っている限りの地図を描いた。

草原の北は、東西にどこまでも延び、奥行きもある山々。

西も険しい山々で、南のほうに西に通じる何本かの交易路が通っている。

東側は東の大国に接していて、たびたび戦がある。

南側は広い砂漠で、その砂漠を囲むように点々と街が存在している。

東の国と西の国が連絡を取ろうと思ったら、砂漠沿いの道を行くか、草原を横断するしかないが、砂漠沿いの旅は過酷と聞く。草原を通ったほうがはるかに楽で速いのだろう。

西の大国というのは、ムラトの話にあった、ただ愛《め》でるために何百人もの女を集めている王がいる、という国のことだろうか。

そこまで行くには、ムラトが来たような、南ほど過酷ではないらしい砂漠に、石でできた建物が並ぶいくつかの街を経なくてはいけないはずだ。

そんなに遠い国と、東の国は、本気で手を結ぶつもりなのだろうか。

「今回たまたま一人が捕まったが、成功した者もいるに違いない。もちろん、西の大国もそう簡単に乗りはしないだろうが」

族長は続ける。

「だから、今すぐにまた戦がはじまるとか、そういう話ではないのだが、備えはしておくべきだという話になったのだ」

備え、とはどういうことだろう。

戦に使う馬の数を増やせということだろうか。

馬の生産というのは、そんなに気軽に、増やそうと思って増やせるものではない。

「手っ取り早く言えば」

族長は一度言葉を切り……そして、言った。

「常に、すぐに戦える馬や兵を用意しておく、ということだな。各部族から一定数の男を王のもとに送り、訓練をさせるということだ」

「訓練なんかしなくたって」

一人の男が声をあげた。

「俺たちはいつでも戦える。それが草原の男ってものだ」

「そうだそうだ」

同じように頷く男たちは、兵として訓練が必要だと思われていることに誇りを傷つけられたのだろうと、ユルーにもわかる。

しかし族長は首を振った。

「それは、お前たちが、王のやり方を知らぬからそう思うのだ。よその大きな国との戦は、草原の部族同士の戦いとはまるで違う。あの若い王は、二千もの騎馬の兵を、王の指揮の下にまるで一つの生き物のように動かして、相手に立ち向かうのだ」

男たちはその言葉の意味をゆっくりと理解し……ざわめいた。

「二千もの兵を……王一人で動かす？」

「戦になれば、目の前の敵と戦うだけだろう。どの敵と戦うのか、王がいちいち、一人一人の相手を決めるのか」

「そういう考えしか出てこないところが」

族長が声を張り上げる。

「我々の視野の狭さだ。うちの部族は、東の国と直接戦ってはいないからな。馬を出し、後方の支援をしただけだ。だが東の国と直接戦った部族は、王のやり方のすごさを知っているし、備えとしての兵の必要性も知っている。攻め込まれてから兵を集めるのでは間に合わないから、即座に対応できる一群が必要なのだ」

攻め込まれてから兵を集めるのでは間に合わない、という言葉が男たちを黙らせた。

「今回は東側の部族だけが直接戦ったが」

族長は続ける。

「西側が不穏であれば、我々にとっても他人事《ひとごと》ではない。ましてや我々は、王の下にひとつの国の一員となったのだから」

「それで、俺たちに何をしろと？」

一人の男が尋ねた。

「何頭の馬を出せと？　馬の世話をする人手も必要なのか？」

「馬と、兵としての男もだ。三十人と言われている」

族長の言葉に、男たちはざわめいた。

「馬だけでなく、兵もか」

「大の男を三十人も！」

「冬はまだしも、夏もなのか？　放牧地の人手が足りなくなる」

「草原の男は草原の仕事をしていてこそ、戦いに備える気持ちになるものだ。王都とやらへ行きっぱなしなどとんでもない」

「男一人につき、馬一頭を代わりに出すのではだめなのか」

「そんなことを言われるのなら、王など認めなければよかったのではないか」

男たちの言い分を族長は黙って聞いている。

ユルーも無言で、そのやりとりを聞いていた。

男たちの気持ちはわかる。だが……王のもとに、草原がひとつにまとまるという話には賛同したのに、義務を課されるとたんに反対するというのは、何か違うのではないだろうか。部族の中のことだけでなく、もっとこう……広い世界のことを考えなくては、と思うのだが、それが具体的にどういうことなのか、自分の考えをきちんと言葉にするのは難しいし、こういう会議で声をあげられるほどの人生経験もないのだからと、もやもやしつつも黙っているしかない。

男たちが言うだけのことを言って次第に静かになると、族長は口を開いた。

「みな、反対か。違う考えのある者はいるか」

男たちは静まり返った。

つまり……兵など出したくない、というのが部族の総意となるのだろうか。

ユルーがそう思ったとき。

一人の男が、すっと立ち上がった。

ドラーンだ。

「俺の意見を、言ってもいいか」

その、低いがよく通る声に、何か強い意志を感じ取り、男たちははっとした。

「ドラーンか。言ってみろ」

族長が促す。

するとドラーンは言葉を探すように少し考え、そして重々しく話し始めた。

「今までの戦は、東で起きた。だから、俺たちの部族には関係がなかった。だが、もし東の国の策謀がうまくいって、西の国が攻めてきたら、今度矢面《やおもて》に立つのは西側の部族、俺たちの部族だ。そのときに東の部族が……小麦がよく取れる地の部族が、取り入れで忙しいから小麦だけを出す、と言ったら？　馬具を作るのに長けた部族が、予備の分までは作っていないから、あるぶんだけで戦え、でき次第送るから、と言ったら？　俺たちが、出せる分の馬だけを出す、と言うのは、それと同じことではないのか？」

ユルーは驚いて、ドラーンの明瞭な言葉を聞いていた。

ドラーンがこんなに長く話すのを、はじめて聞いたような気がする。

決して饒舌《じょうぜつ》ではない、ゆっくりと、嚙み締めるように……だからこそ、重く説得力のある言葉だと感じる。

「草原の一員として王の下にまとまって生きていくことを、部族は決議した。だとしたら、相応の義務も果たすべきだと、俺は思う。他国に攻め入るためではなく、攻め込まれたときに、大事な部族を、宿営地や家族を、馬や羊を守るために必要な兵ならば、出すべきだと思う」

男たちはしんと静まり返っていた。

もちろん、普段は寡黙なドラーンがこんなふうに話すことに驚いているという者もいるだろう。

だが大多数は、ドラーンの言葉を、改めて自分の中で自分に問うているように思える。

そしてユルーは……まさにドラーンの言ったことこそが、自分がもやもやとまとめられずにいた考えを、はっきりとした言葉にしたものだと、わかった。

ドラーンはすごい。

いつからこんなことを考えていたのだろう。

今思いついたようなことではないはずだ。ドラーンは思いつきで言葉を発したりはしない。

熟慮の上の言葉だ。

馬を出すだけで……しかも、有償で買い上げてもらうだけで、義務を果たしたとは言えない。

東の国境沿いの部族は、東の国との戦いで多くの犠牲者を出し、草場を荒らされ……ムラトが言っていたように、家畜もずいぶんと殺されたのだ。

それに比べれば、ユルーの部族は痛みなど感じていない。

だが、自分たちが痛みを感じる側になることを考えて、備えなければいけないのだ。

「他に誰か、意見のある者は」

族長が尋ね……誰も、何も言わないのを見て、ユルーは焦《じ》れた。

誰かが、ドラーンに賛同すべきだ。

そして、それが自分であって何が悪いのだろう。

次の瞬間、ユルーは立ち上がっていた。

「……ぼ、僕は」

部族の会議で発言などしたことがない。

緊張で声が掠《かす》れ、慌てて咳払《せきばら》いする。

離れた壇上にいる兄が、驚いてこちらを見ているのがわかる。

「僕も、ドラーンの言うとおりだと思います」

ユルーは自分を落ち着かせ、族長を見て、ゆっくりとそう言った。

「草原がひとつの国だというのなら、痛みも分かち合わなくては……自分たちだけ安全なところにいて、いざというときに誰も助けてくれないようなことには、なってはいけないと思います」

そう言いながらユルーは、ふと、自分が言っているのは部族のことではなく、自分自身のことのような気がした。

居心地のいい環境でぬくぬくと守られ……ことが起きたときには、誰かが責任を取ってくれる……自分は、そんな子どもだった。

それではいけないのだ。

「僕は……立派な草原の一員である、部族の人間でいたい……と、思います」

こんな言葉で、言いたいことが伝わっているだろうか。

ドラーンの言葉への賛同として、受け止めて貰えるだろうか。

と、ドラーンがユルーのほうを見てかすかに頷いたのが目に入った。

久しぶりで視線が合ったような気がして、ユルーは嬉しくなる。

「ユルーは」

誰かが座ったまま、声を出した。

「ドラーンの言うことだから賛成しているだけじゃないのか」

ユルーはぎくりとした。

そういうふうに見る人がいる……ということは、これまでのユルーが、ドラーンにつきまとい、ドラーンの言うことなら無条件に信じると思われていた、ということだ。

でも、これは違う。

ユルーはぎゅっと拳を握り締め、強い口調で言った。

「同じことを、ドラーン以外の人が言ったとしても、僕は賛成します。部族の一員としての、僕自身の意見と同じだからです。僕は、自分の部族を誇れる男でありたい、臆病で卑怯《ひきょう》な部族の人間ではありたくないと思うんです……！」

男たちはざわざわと近くにいる男たちと真剣な顔で話し始め……

「そうだ、俺たちは臆病者ではない」

「卑怯者でもない」

「ドラーンとユルーは正しい」

「兵は出すべきだ」

次第にそういう声が大きくなってきた頃合いを見計らったかのように、族長が頷いた。

「うむ。若い者から、こういう意見が出てくるのは喜ばしいことだ。ドラーンとユルーの意見に反対の者は？」

沈黙が落ち……そして、誰も声をあげなかった。

「では、決まりだな」

族長が重々しく言った。

「今回、王からはわが部族に特別な要請があった。西の大国と事を構えることになった場合、戦場として西の山中が想定される。そこで、わが部族の騎馬の兵と、荷馬の部隊が、それぞれに西の山中を南下して、今から二十日後にクルガンの渓谷で王の部隊と落ち合うように、ということだ」

それは……王の部隊と合流するまでが、すでに訓練だということだ。

冬場の山中を馬で行くのは過酷な道中で、危険も伴う。

草原の平地とは、選ぶ馬も、装備も違う。

山の天気が荒れれば、命の危険もあり得る。

もちろんユルーの部族は三方を山に囲まれているからそういう経験も豊富で、そこを王に見込まれたのだろう。

「なかなか……大変な要求だな」

壇上にいた、部族の長老の一人が呟いた。

「だが、我々の部族にしかできないことでもあります」

そう言ったのは、同じように壇上にいた、ユルーの異母兄だった。

「もし実際に冬の山中が戦場になったら、我々が最も役立つ、すぐれた部族であろうことが、この訓練で証明されるでしょう」

ユルーには、異母兄が男たちを奮い立たせるために敢《あ》えてそういう言葉を選んだのだとわかった。

「よし、俺たちの部族の力を見せてやろう！」

「俺たちの部族にしかできないことをやってやるんだ！」

男たちにやる気がみなぎってくるのがわかる。

しかし……

「それで、誰が兵として行くのだ」

族長が静かに問いかけると、男たちは顔を見合わせた。

誰も、臆病者の卑怯者とは思われたくない。

だが、率先して手をあげるものも、いない。

ユルーが手をあげようとしたとき……

ドラーンが再び、すっと立ち上がった。

「俺が行こう。兵を出すべきだと、俺が言い出したのだから」

座は一瞬、水を打ったように静まり返り――

「では、俺も！」

「俺も行こう！」

ドラーンを慕っているらしい若い男たちが一斉に声をあげ、拳を振り上げる。

「鎮まれ」

族長が立ち上がって一言言うと、またさっと男たちは口をつぐんだ。

「それでは、ドラーンに人選を任せよう。希望者の中から、ドラーンが、連れて行きたいと思う者を選ぶがよい。隊長は別に、年嵩《としかさ》で冬山に慣れている者をこちらで選ぶ」

隊長は別に選ぶとはいえ、人選をドラーンに任せるというのは大変な信頼の表れだ。

自分も行きたい、とユルーが思ったとき……

「ユルー」

族長がユルーを呼んだので、慌てて返事をする。

「はい」

「お前は、若いが馬を任せられる力量を持っている。荷馬の部隊を、馬を選ぶところからお前に任せたい。荷馬部隊はヤリフに指揮させようと思うが、お前も一緒に行けるか」

荷馬の部隊。

ドラーンが選ぶ騎馬の兵ではなく。

一瞬ユルーは落胆しかけたが、いや、そうではない、と思い返した。

行軍に向いた馬を選び、世話をするために荷馬部隊の一員として行く。

それは、馬を世話することにユルーが長けていると、族長も認めてくれているからだ。

自分にふさわしい、自分にできる最高の仕事をする機会を与えて貰えたのだ。

部族の、一人の大人として。

「行きます、ぜひ、行かせてください」

ユルーは自分の声に力が籠《こ》もるのを感じた。


会議が解散となり、大勢の男たちに押し出されるように幕屋を出ると、周囲の男たちの会話がユルーの耳に入ってきた。

「いや、ドラーンはたいしたものだ」

「あれの言うことは確かに正しい」

「正しいことを言い、そしてその責任も取るというのは、誇りある男のあるべき姿だ」

ドラーンに感心する言葉が、ユルーには自分のことのように嬉しい。

ユルー自身、ドラーンが部族全体のこと、草原全体のことを、あんなふうに考えていると は想像もしなかった。

ユルーが知らなかったドラーンの一面。

それを知ることができて嬉しいのと同時に、ドラーンのことならなんでも知っていると思い込んでいたかつての自分が恥ずかしくもなる。

「ユルー」

ぽんと肩を叩かれ振り向くと、異母兄だった。

「兄さん」

父によく似た異母兄は、目を細めた。

「ユルー、お前を誇りに思うよ。気をつけて、いい仕事をしてくれ」

「はい」

ユルーが答えると、異母兄が頷く。

「あとで、お前の母上の幕屋へ行く。母上を心配させないように、よく説明してやるから」

自分は家族に恵まれている、愛されている、とユルーは思った。

そして……そういう家族を持たないドラーンは、これから出発まで、どのような日々を過ごすのだろうと思い……こういうときにドラーンの側にいられる自分でありたかった、とあらためて思っていた。


五日後、すべての準備が整った。

ドラーンを先頭に、騎馬の部隊が整列する。

隊長は、過去に部族間の戦を何度も経験している、族長の信頼が厚い年長の男だ。

ドラーンはその若さにもかかわらず、隊長の補佐を任された。

それぞれに、毛織りの上着の上に毛皮を羽織り、耳から顎にかけてまでをすっぽりと覆う毛皮の帽子を被っている。

腰には太刀《たち》、背中には弓と矢筒を背負った重装備だ。

ユルーの部族は近年戦がなかったから、普段から剣や弓の腕を鍛えることは怠らないとはいえ、ドラーンのこういう姿を見るのははじめてだ。

なんと凛々《りり》しく、男らしい姿だろう、とユルーは見とれた。

どことなく浮き足立っている男たちを、ドラーンの静かで重々しい佇《たたず》まいが引き締めているように思える。

何人もの男たちがドラーンに近寄って声をかけている。

ゾンもいて、ドラーンに何か、食べ物が入っているらしい包みを差し出し、ドラーンが頷いてそれを受け取り、ゾンに何か言っているのが見えた。

今回ドラーンは、自分の馬のフンディではない馬に乗り、フンディは宿営地に置いていくことになっている。

フンディは単独の騎行に向いた馬で、山中ではその俊足は生かせないからだ。

そのフンディをゾンが預かって世話をするらしい、という噂も聞いている。

そういう噂も、ユルーの胸の底にちくりとした痛みを起こしはするが、それでも日に日に、その痛みに気付かないふりくらいはできるようになってきた。

それでも……自分もあの中で、ドラーンにせめて「気をつけて」と声をかけたかった、とユルーは思う。

会議でドラーンに賛成の意見を述べたとき、一度目が合ったドラーンが頷いてくれたが、それきり、ドラーンと会話をする機会もなかった。

それぞれに準備で忙しいということもあったし、ユルーはまだドラーンに対して、かつて親しくしてもらった部族の年長の男、と割り切って話しかける自信はない。

そしてドラーンのほうも、あえてユルーに話しかけ、距離を再び縮める理由もないのだろう、と思う。

もし……自分たちが本物の「馬を並べる関係」だったら、今、ドラーンの隣に並ぶことができていただろうか。

だが今は、自分には自分の仕事がある。

兵が乗る馬とは違う、足の短い丈夫でがっしりとした二十頭の荷馬たちは、それぞれに荷物を背負って一列に繋《つな》がれ、荷馬隊を率いるヤリフを先頭に、五人の男たちがそれぞれ自分の馬に跨がって従う。

野生馬を父に持ち冬山を苦にしないアルサランに跨がったユルーが、しんがりだ。

アルサランの足元には、チャガンがいる。

ドラーンの部隊と、ユルーの荷馬の部隊は、並んでゆっくりと動き出した。

部族の男たち、女たちが見送る中、草原に積もった雪を踏みしめ、西の山中に向かっていく。

山に入れば峠を二つ越え、それから状況を見て、いくつかある渓谷沿いの道のどれかをそれぞれに選んで、別々に南下していくのだ。

しばらく並行して進みながらユルーは自分の荷馬部隊だけでなく、騎馬隊の馬にも目をやっていた。

慎重に選んだ、雪山に慣れている、丈夫な馬たちだ。

すると視線の先で、ドラーンの馬がちょっといやがるように横に一歩逸《そ》れ、ドラーンがそれを上手に引き戻したのが見えた。

普段乗り慣れた自分の馬ではないとはいえ、部族の馬を知り尽くしたドラーンが、一瞬でも馬にそんな動きをさせたことに、ユルーはふと疑問を覚えた。

荷馬の列を点検するふうに見せてアルサランを前方に駆けさせ、距離が近いところでドラーンの馬の様子を見る。

馬が少し、右側に逸れたがっているように、見える。

ほんのわずか、ユルーにしか気付かない程度だが……左側に何か、違和感があるのだ。

ユルーは他の騎馬の男たちの様子も観察し、そういう挙動を見せているのはドラーンの馬だけだと確信した。

どうしよう。

ドラーンも気付いているかもしれないのだから、余計な口出しをしないほうがいいのだろうか。

ドラーンに話しかけにくい、という気持ちももちろんある。

何か無理矢理に口実をひねり出したように思われたくない、という気持ちもある。

しばらく考えたが、ユルーは決意した。

あの馬に乗っているのがドラーンでなければ、自分は間違いなく声をかけているだろう。

アルサランの腹を軽く蹴って、ドラーンに並ぶ。

「ドラーン」

声をかけると、ドラーンがはっとユルーに視線を向けた。

「……どうした」

穏やかに、ユルーに尋ねる。

「ドラーンの馬、左側に違和感があるみたいなので」

ユルーも、つとめて冷静に言った。

「ああ、実はさっきから、右に逸れたがっていると思っていた」

ドラーンが頷く。

「ちょっと見ていい？　そのまま歩いていて」

そう言って、ドラーンの馬の左側に回り込む。

近くにいた騎馬の男たちが、そのやりとりを興味深そうに見つめた。

「なんだ、どうした？」

「ドラーンの馬に何かあったのか？」

「全然気付かなかったが」

ユルーはドラーンの馬がさらに数歩歩くのを見て、原因をみつけた。

「剣の鞘《さや》の先が、臀《しり》に当たるのがいやなんだと思う」

ドラーンははっとしたように、ユルーが指摘した場所に視線を向けた。

ドラーンの身体が左に捻られたことで、腰に差した剣の、鞘の先がさらに馬の臀に押し付けられ、馬がいやそうに左後ろ足を上げる。

「これか」

ドラーンが差している剣の鞘には、これまでにない銀の飾りがつけられている。

今回の行軍のために、誰かがドラーンに贈ったものかもしれない。それが、ほんのわずか
……指の幅二本分ほどだが、鞘の長さを変えたのだ。

ドラーンが乗る馬は山地や雪中を歩くのには向いているが、身体の片側だけに刺激がある
ことをいやがる性格なのだろう。

「剣の位置を変えるか、替え馬に乗り換えるかしたほうがいいと思う」

騎馬隊は、予備の馬を数頭連れている。

ドラーンは剣を差した革帯を締め直して頷いた。

「最初の休憩で一度馬を替えて様子を見よう」

そう言って、ユルーをじっと見つめる。

正面から視線が合い、その力強く温かい瞳に、ユルーはどきりとした。

そう……ドラーンのこの瞳が、ずっと心地よく、好きだったのだ。

「ありがとう、助かった」

ドラーンは静かに言った。

こんなふうに面と向かって真剣にドラーンに礼を言われたのは、はじめてかもしれない。

こうやって自分たちは……適度な距離を保った、かつて親しかった部族の一員同士になっ

ていくのだろうか、とユルーは思い、一瞬胸が詰まった。

「……役に立てて、よかった」

それでもなんとか、そう言って……

「どうぞ、気をつけて」

出発のときに言いたかった言葉を、思い切って付け加える。

「ああ、ユルーもな」

ドラーンがそう言ってくれたのに対して頷き、ユルーは馬首を返してその場を離れた。

「ユルーの目はやはりたいしたもんだ」

「あれは天から授かったものだな」

「それにどうだ、ユルーはずいぶんと大人っぽくなったものじゃないか」

騎馬の男たちの囁《ささや》きが耳に入るが、その言葉はユルーの耳を素通りし、ユルーは胸の中でひたすらドラーンの「ありがとう」という言葉を、何度も何度も繰り返し噛み締めていた。


山に入ると、夏にムラトと一緒に来た湖を目指す。

葱《ねぎ》が香っていた谷は、今は涸《か》れ谷となって岩がむき出しになっている。

雪が降っても、夜に吹く強風で飛び散ってしまうのだ。

昼の、風が比較的穏やかなうちに谷を抜け、野営地に着く。

ここも騎馬隊と荷馬隊が両方野営できるほどの広さはないので、騎馬隊はさらに先へと進むことになり、翌日、荷馬隊が早めに発って合流することになる。

ユルーは、荷馬たちの荷を下ろし、疲れていないか、どこか具合が悪くなっていないか点検し、飼い葉を与えてから、連れの男たちとともに火を囲んで食事をする。

「天気は保つだろうか」

ヤリフが、一人の男を見て尋ねる。

この男は天候の変化を敏感に読む特技を持っているのだ。

「二日は大丈夫だろう。湖から南に折れる尾根をやり過ごして沢沿いの道に入るまではなんとか保ちそうだが、そのあとは荒れるかもしれない」

「谷に入ると、古い猟師小屋があるな」

「場合によってはそこに避難してやり過ごそう。この雪で潰れていなければ、だが」

「そこまで天気が保てば、次に避難できるのは峠の下だな」

行軍については、経験豊富な男たちに任せておけばいい。

ユルーの役目は、馬の様子に気をつけて、無事にすべての馬を目的地であるクルガンの谷に運ぶことだ。

やがて男たちはそれぞれに毛皮にくるまって横になり、ユルーの隣にはチャガンがぴったりと寄り添う。

ユルーは冴《さ》え冴《ざ》えとした星空を見上げながら、ドラーンも今頃同じ星を見ているだろうか、それとももう眠りについているだろうか、と考えながら、ゆっくりと眠りに入っていった。


湖は完全に凍り、冬の陽光にきらきらと輝いていた。

馬たちは薄く積もった雪に鼻面を突っ込み、枯れ草を探して食べはじめる。

一度合流した騎馬隊と荷馬隊は、ここで別れ別れになるのだ。

騎馬隊はもう一刻ほど西へ進み、それから南に下る谷に入る。そちらのほうが距離は長いが道がよく、速度の速い騎馬隊に適しているからだ。

荷馬隊は、一本東寄りの尾根を行き、そして南に折れて渓谷沿いの道に入る。そちらは距離は短いものの雪が深いので時間はかかるが、頑丈な荷馬たちは雪をかき分けて歩くことができる。

上手《うま》くいけば一日違いくらいで、目的地のクルガンの渓谷に着ける目算だ。

「では、あちらで会おう」

「気をつけて」

互いに声をかけあい、二つの部隊は別れていく。

ユルーは、隊列の中のドラーンを見た。

馬は替えている。今度の馬は、多少鞘の先が当たっても気にしないようだ。

真っ直ぐに前を見つめているドラーンの姿は男らしく凛々しく、気高いとすら思う。

そのドラーンが、まるでユルーの視線に気付いたかのように、ふいにこちらに顔を向けた。

視線が合う。

ドラーンはわずかに唇の端を上げ、軽く片手をあげて頷いた。

ユルーも慌てて頷き、同じように片手をあげる。

わずかに微笑《ほほえ》んだように見えたあの表情は、何を意味しているのだろう……と思っている間に、隊列は進み、小さな峠を越えた先に消えていった。


翌日から、天候が悪くなった。

横風の強い尾根では馬から下り、なるべく馬たちをひとまとめにして足元に気をつけながら進む。

身体には氷の粒のような雪がばらばらと当たり、全身で風に逆らいながら歩くので、尾根を逸れて谷に下る道に入ったときには、全員がへとへとになっていた。

谷は谷で新雪が積もり、先頭に出る馬を順番に替えては、馬の胸元あたりまである雪をかき分けながら進む。

夜は谷にごろごろしている巨大な岩の隙間にそれぞれに身体を押し込んで休み、二日目の夜は、古い猟師小屋に辿《たど》り着いてそこに泊まる。

そして三日目、山の天候はまた不穏になってきた。

風が嵐の気配を含んでいる。

谷底にいると強風で馬も人も疲労が増すので、もう半日進んで道が一度峠に向かう山道に入ってから嵐をやり過ごそうと意見がまとまる。

雪をかき分けて道を作りながら、年長の男たちの経験と馬たちの頑張りで、隊列はゆっくりとだが確実に進んでいく。

確かに、こんな山中で西の大国と戦うことになったら、こういう経験はどれだけ役に立つかわからない、とユルーが考えていると、少し前にいた隊長のヤリフがユルーを呼んだ。

「ユルー、少し隊列が縦に伸びているようだ。最後尾の馬を確認してくれ」

通常は最後尾に一人配置されるのだが、誰かが先に行って危険な場所を見極めたり、脇に逸れた馬を列に戻したりしているうちに持ち場が崩れてしまっていたらしい。

「はい」

ユルーは頷いてアルサランを脇に寄せ、目の前を通り過ぎる馬の列を、数を数えながら見送った。

残り三頭というところで一度途切れ、遅れて二頭が姿を現す。

しかし、最後の一頭が来ない。

しばらく待ってユルーは、最後の一頭ははぐれたのだと確信した。

「チャガン、ヤリフを止めて！」

そう言うと、チャガンは雪の中を泳ぐように前方に走っていく。

やがて馬の列が止まり、ヤリフを乗せた馬が引き返してきた。

「どうした」

「一頭、はぐれたらしいです」

「そうか」

ヤリフは頷いた。

「誰か戻ったほうがいいな」

こういう場合馬によっては自分で勝手に追いついてくることもあるが、この天候だから探しに行くほうがいいと、ユルーも思った。

「じゃあ、僕が」

最後尾にいるのだから、当然のことだ。

「大丈夫か」

ヤリフの問いは、ユルーがこれまで放牧地の仕事を主にしていて、雪山は慣れていないだろうという気持ちから出たものだとわかる。

だがユルーも、この一隊の一員である以上、他の男になら任せられるがユルーには任せられない、などということはあり得ないと承知している。

「大丈夫です、アルサランとチャガンがいますし」

「そうだな」

ヤリフは頷いた。

「頼む。俺たちは峠の手前まで進んで待っているから」

「はい」

ユルーはアルサランの向きを変え、チャガンを従えて、今来た道を戻りだした。

すでに雪をかき分けた道ができているから進みやすい。

しかし馬は見つからず、昨夜の野営地近くまで戻ったあたりで、沢から崖を登っていく足跡に出くわした。

列から離れて、ここを登って行ってしまったのだ。

アルサランを励まし、足跡を追って同じように登っていくと、荷馬は崖を登り切って反対側の谷方面に下りて行ってしまったようだ。

こんな山の中で隣の谷に入ると、正しい道とは永久に合流せず、山によって隔てられていくばかりだ。

荷馬は困り果てて雪をかき分けながらうろうろしたらしく、足跡を辿って慎重にアルサランを進めていると、突然その足跡が途切れた。

ユルーははっとしてアルサランから下り、当たりを見回す。

すると、足元の雪が一カ所、大きく削れていた。

ここから崖下に向かって落ちたのだ。

覗き込んだが、斜面に生える木々に雪が積もっているのが邪魔で、下が見えない。

「アルサラン、チャガン、ここで待っていて」

ユルーはそう言って、慎重に崖を辷《すべ》り降りた。

ユルーは冬にこのあたりに来たことはないし、雪に覆われていてわかりにくいが、谷は思ったよりも深い。

荷馬もどうやらずるずると雪の上を辷り落ちていったらしい。

やがて崖の角度が少しゆるやかになったところで、呆然《ぼうぜん》としている荷馬をみつけた。

まだ若い荷馬は、ユルーを見て小さく鼻を鳴らす。

心細かったのだろう。

「ばかだね」

ユルーは優しく言って、馬の鼻面を抱き締めてやった。

「ちゃんと前を見てついていかないからこういうことになるんだよ」

さて、この馬をどうやって崖の上まで戻そう。

ユルーは少し考えてから、苦心惨憺《さんたん》して崖の上までよじ登り、アルサランの鞍に丈夫な縄をくくりつけた。

「ちょっと力仕事になるけど、頑張って。声をかけたら引っ張るんだよ」

そうアルサランに言い聞かせると、アルサランはちゃんと理解したように首を上下に振る。

チャガンも傍らで「自分が見ているから大丈夫」とでも言いたげな様子だ。

縄の先を持ってユルーは再び崖下に下り、荷馬の首にその縄をかけた。

「アルサラン！　引け！」

上に向かって叫ぶと、縄がぴんと張った。

「さあ、上がるんだよ、頑張って」

ユルーが荷馬の臀を押してやると、荷馬はいやいや、崖を登りだす。

荷馬を押しながらユルー自身も登っていくのは大変だったが、息を切らしながら、なんとかアルサランの脚が見えるところまで登った。

「あと、少し、頑張れ――」

息を切らしながらそう言った瞬間、荷馬の後ろ足が辷り――ユルーの肩の辺りを蹴った。

「あ！」

次の瞬間、荷馬はアルサランの力で崖に引っ張り上げられたが、ユルーはそのまま平衡を崩し……

頭から、崖下に転がり落ちていた。

もがいたが身体は止まらず、下まで落ちて、ようやく止まったときには上半身は新雪の中に突っ込んでいた。

息ができない。

一瞬ユルーの頭の中は真っ白になったが、必死にもがくと、なんとか雪の上に顔が出て、息ができるようになる。

チャガンがわんわんと吠えているほうを見上げると、荷馬が落ちたのよりもさらに下、谷底まで落ちてしまったのだとわかった。

急いで戻らなくては、と思って身体を起こした瞬間、ずきりと足首に痛みが走った。

落ちたときか……落ちる途中で、おかしなふうに捻ったのだ。

ユルーは唇を噛み締め、痛みを堪《こら》えながら崖を登ろうとしたが、雪で足元が沈み、踏ん張ろうとすると痛みが走り、どうにもならない。

しばらくもがいているうちに、ユルーは、頭上が暗くなってきたことに気付いた。

風が渦巻きだしている。

嵐が来る。

馬だけでも、部隊に戻さなくては。

「アルサラン！　チャガン！」

ユルーは叫んだ。

「戻って！　みんなのところに戻って！」

馬と犬だけが戻れば、ユルーに何かあったと察してくれるはずだ。

チャガンはまだ上で吠えている。

「お願い！　チャガン！　僕は大丈夫だから……戻れ！」

必死に呼びかけると——

チャガンの吠え声が止んだ。

少しして、声色の違うチャガンの声が聞こえてくる。

アルサランと荷馬を誘導する声だ。

次第にその声が遠ざかっていく。

チャガンは放牧地で馬を追うのにも慣れているから、大丈夫だ。

ほっとして、ユルーはもぞもぞと身体を動かして座り込んだ。

毛皮の長靴を脱いで足首に触れてみる。

折れてはいない……だが、熱を持って腫《は》れてきている。

これが平地なら無理をして歩くこともできるのだが……やわらかい雪に覆われた崖を登るのは無理だ。

天気は急速に悪くなり、横殴りの雪が叩きつけてくる。

アルサランとチャガンが部隊に追いついても、すぐに誰かが引き返してくるのは無理だろう。

ユルーを助けようとしてまた誰かが遭難するのは、一番避けなければならないことだ。

だとしたら……天気がよくなるまで、または痛みが引くまで、かなりの時間をここで耐えなくてはいけない。

ユルーは覚悟を決め、あたりを見回した。

少し離れたところに大きな木がある。

這《は》いずるようにしてその木の下まで行くと、風下になっていた根元に、雪が大きくえぐれて人一人入れるくらいの空間ができていた。

そこにすっぽりと入り込み、身体を丸める。

風が直接当たらず、雪が壁のように囲んでいるので、寒さはかなりしのげる。

木の根に直接凭《もた》れることができるのも、安心できる気持ちになる。

やがて頭上で本格的に嵐が吹き荒れはじめた。

チャガンと馬たちは、無事に戻っているだろうか。

尾根を越えてもとの谷に戻りさえすれば、荷馬隊が雪をかき分けた道が、まだしばらくは見分けられるはずだ。

それを辿りさえすればいい。

だが……はぐれた荷馬を追って、アルサランがつけた跡は、この吹雪であっという間にかき消されてしまうだろうことは、ユルーにはわかっていた。

ユルーを探しに戻ってきても、ここまで辿り着くのは難しいかもしれない。

ユルーを見つけられなければ、部隊はユルーを置いて進むしかないだろう。

当然のことだ。

自分が、もう少し気をつけるべきだったのだ。

荷馬の真後ろにいるべきではなかった。

もう少し登りやすい斜面を探して、そちらから上げてやるべきだったかもしれない。

それ以前に、最後尾が手薄になっていることに気付いていれば、荷馬がはぐれることもなかっただろう。

やはり自分にはまだまだ、いろいろな経験が足りない。

草原の一部とはいえ山に接したユルーの部族では、雪山に猟に入る男たちもかなりいるし、燃料用の枯れ枝を取りにならなら、子どもでも冬山に入る。

だがユルーは早くから、馬を扱う能力を認められて放牧地の仕事ばかりをしていたから、山での経験が他の男たちよりも少ないのだ。

放牧地でも、ドラーンがいたから、ユルーが何もかもを自分の責任で決めることはほとんどなかった。

甘やかされていた、とつくづく思う。

好きで得意なことだけをしていればよかった、甘やかされた子ども。

ドラーンにとっても、ユルーは対等な関係を結べる大人の男ではなかった。

自分が大人になれば……ドラーンの隣に並ぶのにふさわしい男になれば、もう一度ドラーンに、自分から申し込んでみることは可能だろうか。

それとももう、ドラーンと本当の意味で馬を並べる機会は、永遠に失われたのだろうか。

そんなことを考えているうちに……ユルーの疲れた身体を眠気が包みだした。

眠ってはいけない、と思いながらも、落ちてくる瞼《まぶた》を開けることができない。

吹雪《ふぶき》はいっこうに止む気配はなく……ユルーは、もしかしたら誰かが見つけてくれる前に、自分はここで雪に埋もれて死ぬのだろうか、とぼんやり思った。

草原と山の厳しい環境で育ってきたユルーには、自分が助かる見込みは半々、もしかしたらそれ以下だろう、という判断もつく。

ああ……だとしたら、その前にもう一度、ドラーンに会いたかった。

時間を戻すことができるのなら、今度こそ自分は、ドラーンに一方的に甘えるのではなく、ドラーンの隣に立ち、ドラーンの役に立てる存在になりたい。

そしてできればもう一度……ドラーンに触れたい。

ドラーンの温かく大きな手……熱い唇……一度だけ重ねた身体の、ユルーを穿《うが》ったあの熱い楔《くさび》。

あれを、たった一度の想い出にするには、あまりにも心残りがありすぎる。

せめて……眠るように逝《い》きたい、そしてその瞬間にドラーンを夢に見ていたい。

そんなことを思いながら、ユルーの意識は次第に薄れていき――


犬が、吠えた。

うるさいな、とユルーは思った。

まだ起きる時間ではない、こんなに気持ちよく寝ているのに、どうして邪魔をするのだろう。

わんわんと、犬が吠え立てる声が大きくなる。

チャガンだろうか。

「……チャガン、静かにして……」

ユルーは呟いた。

「まだ、寝る、んだから……」

「だめだ、起きろ」

誰かがそう言って、ユルーの頬を叩いたような気がした。

放牧地の朝は早いものだが、まだ眠りについたばかりなのに、どうしてドラーンは自分を起こそうとするのだろう。

「もう、少し……」

「だめだ、起きろ」

強い声で言われて、ユルーはしぶしぶ薄く目を開け——

次の瞬間、はっと大きく目を開けた。

ドラーンだ。

ドラーンの顔が、目の前にある。

毛皮の帽子は雪にまみれ、襟元の毛皮は凍りつき……そしてドラーンの黒い瞳は、不安と焦りを浮かべてユルーを見つめている。

「どうして……」

まるで冬山にいるような、そんな格好をしているんだろう。

そう尋ねようとしたが、口の周囲の筋肉が強ばって動かない。

「お前を探しに来たんだ、チャガンが俺を呼びに来たんだ」

ドラーンが強い口調で言い、ユルーはじんわりと頭の中に地が巡りだしたように感じ——

はっとした。

雪山。

はぐれた荷馬。

谷底に落ちた自分。

「え⁉」

チャガンが……ドラーンを呼びに行った⁉

一本西の谷に入っていったはずの騎馬隊を、チャガンが追っていった……？

「アルサランは？　はぐれた荷馬を探しに来て……僕が落ちたので、アルサランとチャガンに、先に部隊に戻れって」

「俺はチャガンしか見ていないが」

ドラーンは落ち着いた口調で言った。

「アルサランはお前の馬だ、お前の言ったとおりにしているはずだ、心配するな」

根拠はなくても、ドラーンがそう言ってくれると、そうだという気がする。

ではチャガンは、どこかでアルサランと別れて、ドラーンの隊を追ったのだろうか。

「立てるか」

そう言われて立ち上がろうとしたが、足首に力を入れた瞬間に鈍い痛みが走り、ユルーは思わず顔をしかめた。

「怪我《けが》をしているのか」

ドラーンが尋ねる。

「右の足首……捻ったみたいで」

「わかった」

ドラーンは頷き、ユルーの両脇に手を入れて起こすと、背中を向けた。

「おぶされ」

有無を言わさない口調に、ユルーは黙ってドラーンの背中に身を預ける。

大きな、広い、ドラーンの背中。

ドラーンはユルーを背負って軽々と立ち上がった。

木の根元はかなり雪に埋もれていたが、そこから出ると、嵐は小康状態のようだ。

そしてチャガンが、嬉しそうにわんわんと吠えている。

ドラーンがユルーを背負ったまま崖を上がっていくと、そこにはドラーンを乗せていた馬が待っていた。

ユルーを後ろに乗せ、チャガンを従えて、ドラーンは来た道を戻りはじめた。

尾根を越えて荷馬隊が進んできた谷に下りると、さらに北に戻りはじめる。

「……どこへ……？」

ユルーが尋ねると、

「猟師小屋」

ドラーンが短く答えた。

ユルーたちが野営した、あの猟師小屋があるところまで戻るのだ。

嵐は小やみのようだが猟師小屋に着くまで保つだろうか、とか……アルサランと荷馬は無事に部隊と合流できただろうか、などと考えつつも、ユルーはドラーンの背に寄りかかっている安心感のせいで、また眠くなってくるのを感じる。

馬はさすがに荷馬とは違う速度で谷を進み、嵐が再び強くなってくるのと同時くらいに、猟師小屋に辿り着いた。

ユルーを馬から下ろして小屋に入れ、ドラーンはまた出ていく。

裏手に、小屋と崖に挟まれた、馬を入れられるように板塀を作ってある空間があるので、そこに馬を入れているのだろう、とユルーは壁の外の気配で感じた。

やがてドラーンが戻ってきて、土間の中央にしつらえられたいろりに火を熾《おこ》す。

猟師小屋にはこういう避難に備えて、夏の間にかなりの薪《まき》が備えてあるのだ。

狭い小屋は、すぐに温まってくる。

「チャガン、は？」

小屋に入っていないことに気付いてユルーが尋ねると、

「馬の側だ。居心地はよくしてやった」

ドラーンは短く答え、ユルーは風下に囲われた塀の中で、馬とチャガンがゆっくり休んでいる姿を思い浮かべる。

「騎馬隊は……大丈夫、なの……?」

なんとか考えが巡りはじめたユルーにとっては、それも気がかりだ。

年長の男が隊長ではあるが、ドラーンはその隊長を補佐する立場で、部隊を離れても大丈夫だったのだろうか。

「大丈夫だ」

ドラーンは静かに頷く。

「チャガンの様子を見て、荷馬隊に何かあったのだと全員にわかったし、俺は、その何かあったのはお前なのだと思ったから、すぐに戻りたいと言ったんだ。騎馬隊は一番難しい場所を越えて、もう問題なく進めるとわかっていたからな。今回の任務は騎馬隊と荷馬隊が無事に目的地に着くことだ。だから俺が荷馬隊の様子を見に行くのは隊長が賛成し、他の者も全員同意して見送ってくれた」

そうか……では騎馬隊のほうは心配はないのだ、とユルーは少しほっとした。

そのまま、湯を沸かし、毛皮を脱ぎ、茶を淹《い》れるドラーンの姿を、ユルーは横になったまま、ぼんやりと……しかし幸福な気持ちで見つめていた。

ドラーンは茶を淹れた木の椀を、ユルーに差し出す。

「中からも、身体を温めるんだ」

それが必要であることはわかっていたので、ユルーは椀を受け取り、口をつけた。

ドラーンの、椀。

新しいものだ。

ゾンが椀をなくしたときにドラーンのものを貸したので、その後ゾンの家族が新しいものをドラーンに返したのだろう。

ドラーンの椀を使っているゾンに対して覚えたもやもやとした気持ちは、子どもっぽい嫉妬だったのだと思い出し、ユルーは恥ずかしくなる。

今も、ユルー自身の椀が懐に入っていることはわかっているのだろうに、あえて自分の椀を差し出してくれたことが、深い意味はないのかもしれないが、嬉しい。

茶はよく知っている、馴染《なじ》みのある、ドラーンの味だった。

少し濃いめの、苦みを感じるくらいの煮出し方がドラーンの好みで、いつしかそれはユルーの好みにもなっていた。

パンと干し肉を少しかじると、身体に力が戻ってくるように感じる。

「温まったか」

ドラーンが静かに尋ね、傍らに座ってその様子を見ていたユルーは頷いた。

椀を置いたユルーの手をドラーンが取り、指先の温度を確かめるように自分の手で包んでくれる。

温かい。

ドラーンの名前は、「温かい」という意味で……ドラーンの手はいつでも、その名のとおりに温かかったのだと、あらためて思う。

指先に血の気が戻ってくると、ドラーンはゆっくりと手を離し、ユルーの毛皮を脱がせた。

「足を」

促されて足を伸ばすと、ドラーンは毛皮の長靴を慎重に脱がせて、痛めたほうの足首を確かめると、布を巻いて固定してくれる。

ユルーの身体はすっかり温まって、もう自分でも動けると思うのだが、なすがままになっていることが、心地いい。

外では嵐が渦巻いているのに、小さな小屋の中でドラーンと二人、こうしていられることは、なんだか現実ではないようだ。

「僕は、ドラーンに甘えている、ね」

ユルーは小声で言った。

「僕は……ドラーンに、謝らないと」

ドラーンは無言で、ユルーを見る。

瞳に浮かんでいるのは、何を？　という疑問だ。

「いつだって僕は……ドラーンに甘えていた。今も。僕は子どもだった、ずっと」

ようやく、ドラーンにずっと言いたかったことを言える、とユルーは思った。

「僕がドラーンに甘えたり、我が儘を言ったりするのを……ドラーンがすべて受け止めてくれるから、僕はそれでいいと思ってしまっていたんだ……ごめんなさい」

たったこれだけのことを言うために、大変な心構えや時間が必要だったのだ。

沈黙が落ちる。

今さら何を、とドラーンは思っているのだろうか。

しかし……ドラーンは、怪訝《けげん》そうに眉を寄せた。

「それは、謝らなくてはいけないことなのか？　お前が甘えてくれるのを、俺が嬉しいと感じていても？」

「嬉しい……？」

ユルーは驚いてドラーンを見た。

自分の甘えや我が儘を、ドラーンは「嬉しい」と感じてくれていたのだろうか？

それはたとえば……小さい子どもの甘えや我が儘を可愛いと感じるようなものだろうか？

すると、ドラーンの瞳が、切なげに細められ……

「それでは、俺も、お前に謝らなくてはいけない」

そうドラーンが言った。

ドラーンがユルーに、何を謝るというのだろう。

一瞬脳裏に、ユルーが望むままにユルーを抱いたことを、ドラーンはそんなふうに感じているのだろうか、という考えがよぎる。

ドラーンは視線をわずかに伏せ、言葉を続ける。

「俺のほうこそ、お前に甘えていた、ずっと。自分は言葉にすることが下手《へた》だとわかってはいたが、俺の考えていることをお前が察し、理解してくれるのに甘えていた」

「そ……んな」

ユルーは驚いて首を振った。

「僕は……そんなふうには……」

ドラーンが自分に甘えているなどと、考えたこともなかった。

実際自分にはドラーンの考えがわかり——わかると思い——短い言葉、そぶり、視線、そういうものでドラーンを理解できるのは自分だけだと、それが嬉しかった。

「ユルー」

ドラーンが、ユルーを正面から見つめた。

「俺は、お前にずっと救われてきた。家族のない俺をお前の母上が受け入れてくれ……お前が無条件に俺を慕ってくれる、それがどれほど嬉しかったか。両親亡きあと、俺を幕屋に引き取ってくれた叔父《おじ》にはもちろん感謝している。だが、俺に……一緒にいると心が温まり、幸福な気持ちになれる、特別な人間がいるのだと思わせてくれたのは……お前だ」

ユルーは驚いてドラーンの言葉を聞いていた。

一緒にいると心が温まり、幸福な気持ちになれる。

それは、ユルーのことを言っているのだろうか。

ドラーンはじっとユルーを見つめた。

「ほんの小さなころから、お前の瞳が俺を見つめてくれるのが嬉しかった。お前を散歩に連れ出して、草原の草のひとつひとつを教え、羊や馬に触れることを教え、お前が少し大きくなったら、一緒に馬に乗って遠出し……お前が草原の暮らしについて覚えていくそのすべてを、俺が教えてやれるのが、嬉しかった」

ドラーンの言葉は決して流ちょうではないが、ひとつひとつ自分の頭の中を探り、慎重に言葉を探しているのがわかる。

だからこそ、その真剣さがわかる。

「でも」

ユルーの声が震える。

「ドラーンは……両親に頼まれて……その、仕事、として、僕の面倒を見ていたんじゃ……」

「もちろん、お前の父上と母上は、いろいろ気遣いをしてくれた」

ドラーンは頷く。

「だが何よりも、お前の母上は何か思うところがあって、俺のために、お前を俺に任せてくれたのではないかと思う。母上にとってお前はたった一人の子で、手伝いの女を頼める余裕もあって、手が足りていないわけではなかったのだから」

「ドラーンのために……思うところが……あって？」

「そうだ」

ドラーンはゆっくりと言葉を探す。

「貧しい生活をして、あちこちの家の雑用をしている俺に『子守り』というひとつの仕事を与えるように見せながら……俺に居場所と、家庭の温もりを分けてくれていた……俺は大人になってからそれと気付いた」

あの母なら、そうかもしれない、とユルーは思った。

隣の部族の族長の娘で、戦の結果、相手の族長の妾となる人質として差し出されながら、父と愛し合い、その愛を貫き……そして今では、優しく控えめではあるが、部族の中でも尊敬される女性となっている。

母には母の、とてつもない苦労があっただろうと想像したことはある。

そういう母が、ドラーンという、恵まれない境遇だが賢く性質のいい少年のために何かしてやれないかと考え……子どもの世話を任せるという理由をつけて、さりげなく居場所を作ってやった……ということは確かに考えられる。

「でも……子どものころはそうでも……こんなに大人になってまで、僕がドラーンにまとわりつくとは、ドラーンも思っていなかったよね……？」

どこかの時点で、ドラーンはドラーンの人生があり、ユルー以外の人間との結びつきを求めているかもしれないと、想像しなくてはいけなかったのだ、と考えながらユルーが言うと

……

「それは、俺が望んだことだ」

ドラーンが強い口調で言った。

「お前が、俺しか知らず、俺しか見ず、ずっと俺の側にいてくれればと……それはすべて、俺が望んだことだ。部族の中の狭い世界でならそれが可能だった。だが、あのムラトという男が現れて、俺は自分が間違っていたとわかったんだ」

「え」

突然ムラトの名前が出てきて、ユルーは驚いた。

「ムラト？　ムラトがどうして……」

「あの男は、お前に申し込んだのだろう？　馬を並べる関係になろうと」

ユルーはぎょっとして、両手で口を覆った。

そのことはドラーンには言っていなかったが、ドラーンは知っていたのだ。

ドラーンは眉を寄せ、ユルーから視線を逸らす。

「……お前が、悩んでいるのはわかっていた。そしてその結果、お前が俺から離れ、ムラトを選んだのだとしても、俺には何も言えない。お前の目を塞《ふさ》ぎ、俺以外は目に入らないようにしていた俺が間違っていたのだから――」

「ま、待って、待って！」

ユルーは思わず叫んだ。

ドラーンの言っていることがよくわからない。

「確かに、ムラトには申し込まれたけど……断った」

「断った？」

ドラーンが驚いたように繰り返す。

「だが……それならどうしてお前は……俺と、離れると……」

「だって、僕は……僕はドラーンが好きで、ドラーンしか考えられなくて……でも、ドラーンにとっては僕は親から頼まれて保護してきただけの……被保護者でしかないんだって思ったから」

「それを、俺は望んだんだ、お前がずっと俺の手の中にいることを。だがお前が離れたいと言ったので、お前が大人になり、俺が見せる以外の世界の存在に気付いたのだと、俺が間違っていたのだと……」

ドラーンは絶句し……ユルーもただただドラーンを見つめていた。

ドラーンは、ユルーをずっと手の中に入れておきたかった。

ユルーの目を塞ぎ、ドラーン以外目に入らないようにしていた。

それは……それは、つまり。

ユルーの瞳に浮かぶ問いを、ドラーンが正確に読み取ったのが、わかった。

「俺には、お前だけだ」

低く、しっかりとした声音で、おそろしいほどに真剣に、ドラーンが言った。

「お前に対する俺の気持ちを、どう言葉にすればいいのか……可愛いく、いとおしく、お前のことを考えているだけで、胸が痛いくらいに幸福で……同時に、お前がときには俺よりも年上であるかのように俺を甘やかしてくれるのが嬉しく……」

聞いているうちに、その「胸が痛いほどに幸福」な気持ちが、ユルーの胸にも湧き上がってきた。

「俺は、お前のものだ」

ユルーの視界が、瞳に盛り上がった涙で曇った。

「そして、僕はドラーンのものだ」

最初から、そうだったのだ……お互いに。

「ユルー……」

ドラーンの声がわずかに震え、そしてその大きく温かい手が、ゆっくりとユルーの頰を包んだ。

瞳に、切なく甘く、そして熱いものが浮かんでいる。

ドラーンが何をしたいのか、ユルーにはわかる。

ユルーが望んでいることだ。

ゆっくりと瞼を閉じると、ドラーンの息が頬にかかり……そして、唇が塞がれた。

あの夜以来の口付け。

ほんの一瞬だけ躊躇うように……そして次の瞬間には、強く押し付けられる。

ユルーはドラーンの首に腕を巻き付け、引き寄せた。

もっと強く、もっと深く。

忍び込んでくる舌がまとう唾液《だえき》が、甘い。

「んっ、ん」

合わせた唇の隙間から洩《も》れる自分の声が、甘く脳に響く。

ドラーンが手早く二人が脱いだ毛皮を片手でかき寄せ、その上にユルーをゆっくりと押し倒した。

このまま、ドラーンの熱を全身で感じたい、と焦れるような気持ちで思ったとき、唇が離れた。

目を開けると、ドラーンがかすかな躊躇いを浮かべた瞳でユルーを見つめている。

「ドラーン……？」

「……いいのか、その」

ドラーンは迷うように言った。

「お前は、ムラトとのことで迷っていて、それで俺との関係を……言ってみれば、身体の相性を、確かめたいのだと思った。その結果お前が俺から離れるという決心をしたということは……」

ユルーは一瞬遅れて、ドラーンの言いたいことを理解して真っ赤になった。

ユルーが、ちゃんと抱いてほしい、そういう関係になりたい、とねだったのが、ドラーンとの関係に不安を感じたからだというのは確かだ。

だがその後のことは……露骨な言い方をすれば、寝てみたら相性が悪かった、とユルーが思ったと……ドラーンは受け取ったのだ。

「ち、違う……！」

そういうことではなかった。

相性のことを言うなら……

「よかった、んだ、すごく……気持ちよくて、幸せで」

ドラーンは目を見開き、それから照れくさそうに目を細める。

「それなら、よかった。俺にとっては、最高の夜だったから」

そう思ってくれていたのだ、とユルーは胸がいっぱいになる。

身体を重ねた行為そのものもそうだし、あの、翌朝の気恥ずかしい幸福感は、一生記憶に残ることだろう。

だからこそ、あのあとぎくしゃくしてしまったのが、余計に辛かったのだ。

それもこれも、ドラーンが「ユルーの親から頼まれてユルーの面倒を見ていた」というチヒラたちの言葉を深読みしてしまった自分のせいだし……そのあとゾンに怪我をさせてしまい、ドラーンを失望させたと思ってしまったからだ。

ゾンのことを思うと、本当に申し訳ない気持ちになる。

「僕は……ゾンに、嫉妬したんだ」

思わずユルーがそう言うと、ドラーンが目を見開いた。

「ゾンに⁉　お前が⁉」

ユルーは頷いた。

「ドラーンがゾンを可愛いがって……ゾンは確かにいい子だし……椀をなくしたとき、ドラーンが自分の椀を使わせていたのが、なんだか……辛くて」

「あれは」

ドラーンは慌てたように首を振った。

「お前のか、俺のか、どちらかを貸すしかなかった。そして、お前の椀を他の誰かに使わせたくはなかったから……」

ドラーンの椀を誰かに使わせたくないと、ユルーが思ったのと同じことを、ドラーンも思っていたのだ。

「それに」

この際、自分の中にあったわだかまりをすべて話してしまおう、とユルーは思った。

「ゾンが……干し棗《なつめ》を零《こぼ》したときに……ドラーンが優しく笑ったのが……なんだか辛くて」

ユルーとムラトが数日間の旅から戻った日、皿に干し棗をあけようとしてぶちまけたゾンを見るドラーンが浮かべた、優しく甘い笑みに、ユルーは衝撃を受けた。

ドラーンは一瞬、なんのことだかわからないといった顔になり……それからはっとした。

「あのとき、俺はお前のことを思い出したんだ、お前がまだ小さいころ、俺にやはり干し棗をくれようとして、袋いっぱいの干し棗をぶちまけたときのことを」

ユルーは目を丸くした。

覚えていない。

だが……あの優しく甘い笑みは……そういう意味だったのか。

「ゾンは子どもだ。親に頼まれたので責任はあるが、お前とは全く違う」

ドラーンが焦ったように説明しようとするのを、ユルーは人差し指でドラーンの唇を塞いで止めた。

「僕は、ドラーンを信じてさえいればよかったんだ」

そのまま掌で、ドラーンの頬に触れる。

日に焼け、風にさらされてきた草原の男の、少し荒れた肌がむしろ掌に心地いい。

あさぐろく彫りの深い顔立ちは、これまでどれだけ見つめてきたかわからないほどだが、あらためてその男らしい美しさに気付く。

ドラーンは、ユルーが望んだから抱いてくれた。

望まない間は、あんなに近くにいて、夜に互いにいかせあうことはしても、身体を繋げることまではしなかった。

ユルーはそれに焦れていたのだが……

「ドラーンは……僕を、大事にしてくれていたんだね。だから、僕が望むまで、本当にそういう関係には、ならなかった」

お前が望むなら、というのはそういう意味だった。

幼いころからユルーを見てきたからこそ、ドラーンには、いつが「そのとき」なのか判断が難しかったのかもしれない。

ドラーンは切なげに目を細めた。

「俺は、自分に言葉が足りないことは自覚していた。だがお前が、俺の言いたいことをすべて理解してくれるから……それに甘え、言葉にすることを怠っていたんだ」

頬に触れているユルーの手に、ドラーンが自分の手を重ねる。
「だから、ちゃんと言葉にする。俺は、お前を愛している」
その言葉に……ユルーの全身に震えが走った。
愛している。
望んでいた以上の言葉。
お前は？　とドラーンの瞳が尋ね……
「僕も……ドラーンを、愛している」
そう言葉にすると、ドラーンが目を細めた。
嬉しそうに。
ドラーンの幸福感とユルー自身の幸福感が、互いの胸をいっぱいにする。
ドラーンの顔がゆっくりと近付いてきた。
ユルーは自然に目を伏せ……ドラーンの唇を受け止める。
口付け。
先ほどよりも確信に満ちた、どこか荒っぽくさえある口付け。
ドラーンの舌を自分の舌で迎え、絡め合い、まさぐり合う。
言葉などなくても、もう、この先に何を望んでいるのか、二人ともわかっている。
口付けながらドラーンの手が、ユルーの着ているものを取り去っていく。

寒さは、もうまるで感じない。

布を巻いて固定したユルーの足首に、いたわるように唇をつけてから身を起こしたドラーンが、自分が着ているものも手早く脱ぎ捨てた。

はじめて目にするような気がする、ドラーンの裸身。

この前は、真っ暗だったから、ドラーンの全裸はよく見えなかった。

もちろん水浴びのときなどに見ているはずだし、すでに頭を擡《もた》げている性器も、互いに触り合っていたときに、もちろん目にしている。

だが、こうしてこれから肌を重ねるのだと思いながら見る、何も身に纏《まと》わない全身は……ドラーンはこんなにも大きく逞しく、そして美しい身体をしていたのだ、とあらためて思わせる。

ユルーの視線を、ちょっと照れくさげに片頰で笑って受け止め、ドラーンはユルーに覆い被さってきた。

唇を合わせ、舌を絡めながら、ドラーンの手がユルーをまさぐる。

ユルーもいつしか、ドラーンの腕を、背中を、肩を、夢中で掌で確かめていた。

逞しい身体は、ユルーがいっぱいに手を伸ばしてようやく抱き締められるほどだ。

服を着ているると肩幅はあるがすらりとして見えるのに、手に触れる筋肉はどれも流れるように滑らかで、固い。

ユルーの掌が熱を持ち、そして呼応するようにドラーンの体温も上がっていく。

ドラーンの指が躊躇いなくユルーの乳首に触れた。

二本の指で引っ張るようにつまみ上げ、そして先端を小刻みに擦《こす》る。

敏感になったそれを今度は指先で胸に押し込むように潰《つぶ》されると、切ない疼《うず》きが胸から全身に広がっていくようで、ユルーは身を捩《よじ》らせた。

気持ちいいのと、これだけでは足りないというもどかしさで、どうにかなりそうだ。

その間にもドラーンの舌はユルーの口腔《こうこう》を貪《むさぼ》っていたが、ふいにその唇が離れた。

「んっ……あぁ……っ」

思わずユルーは喘《あえ》ぎ、腰を浮かせてのけぞった。

覆い被さっているドラーンの身体と自分の身体が密着し、脚の間にある二人のものは固くなっているのがわかる。

と、ドラーンが屹立《きつりつ》したもの同士を擦《こす》り合わせるように動いた。

「あ……っ」

ドラーンのものが脈打っているのを直接感じたような気がして、ユルーの腰の奥がかっと熱を持った。

「ドラーン……あつ、いっ」

ドラーンは、ユルーの表情をじっと見つめながら、ゆっくりと腰を動かしている。

それが次第にもどかしくなってきて、ユルーは焦れた。

ちゃんと触ってほしい。

もっとちゃんと、ドラーンに触れたい。

思わず脚の間に手を伸ばすと、自分のものと、ドラーンのものに同時に触れた。

ドラーンの眉がくっと寄る。

二本一緒に握ろうとしたがドラーンの太さが手に余る。

何度も触れているはずだが、こんなにも大きかっただろうか。

こんなに大きなものが……自分の中に入ったのだ、そしてこれから、また。

無意識にユルーはごくりと唾を呑《の》み込んだ。

ドラーンの手がユルーの手に重ねられ、二人のものを一緒に握って数度上下に擦っただけで、ぬるりとしたものが手を濡らすのがわかった。

「あ……っ」

ドラーンの熱と直接触れ合っているだけで気持ちいい。

もっと……強く握って、擦ってほしいのに、ドラーンの手は動きを止める。

「やっ、ねっ」

「お前はこれでいきたいか？」

ドラーンが抑えた声で尋ね、思わずユルーがドラーンの顔を見ると、ドラーンの目の縁が興奮で少し赤くなっているのがわかる。

「もう少し、我慢してみろ。そうしたら、あとで……ずっと、いい」

ユルーの頬がかっと熱くなる。

あとで……ずっと、いい。

こんなふうに全裸で抱き合い、性器に触れておいて今さらなのだが、これから身体を繋げるのだ、ドラーンのこれを自分の中に受け入れるのだと、突然生々しく意識する。

「んっ」

ユルーが唇を噛み締めて頷くと、ドラーンが少し笑った。

ユルーの額に軽く唇をつけ、それから頬、唇の端、顎《あご》、首、と口付けながら身体をずらしていき、乳首を舌先で突いたり舌全体でくるんだりと存分に味わってから、また、腹へ、下腹部へ、と唇を落としていく。

痛いほどに勃《た》ち上がったそこに触れられるのだろうか、というユルーの期待は裏切られた。

ドラーンは上体を起こすと、ユルーの膝《ひざ》に掌を当て、両側に押し開いた。

「あ……！」

ドラーンの目の前に、秘められた部分すべてをさらすような格好に、ユルーの全身がかっと赤くなった。

いくらなんでも……そんなところを、見られたことはない。

暗闇の中、手探りで触れられるのとは違う、恥ずかしくて、それでいてさらに体温が引き上げられるような感覚。

ドラーンはそのままユルーの膝を胸のほうに押し付けるようにして、そこに顔を伏せると、唇をつけた。

「んっ……っ」

とんでもない声が出そうになり、ユルーは唇を噛み締めたが、甘く濡れた声が洩れた。

前回、そこをほぐされた記憶が身体に蘇《よみがえ》る。

後ろからされるのと違い、腰が宙に浮いたようなかっこうになって自分で自分の身体を支えられず、無防備感が増し、それがどういうわけか快感に繋がる。

ドラーンはそこを舐《な》め、蕩《とろ》かし、ひくついた隙に舌先を押し込んでくる。

「んっ……あ、あっ……っ」

解《ほど》けた場所に、指が差し込まれた。

浅く抜き差しし、内壁を押し広げるようにしながら、次第に奥まで入ってくる。

それがあの、節が太く長い、ドラーンの指なのだと思うだけでどうにかなりそうだ。

圧迫感が増し、指が増えたと知る。

自分の息が浅くなるのがわかる。

腰から背骨にかけて、痺《しび》れるような何かがじわじわと満ちていく。

「あ――っ」

ドラーンの指がある一点を探った瞬間、鋭い快感が全身を駆け抜け、ユルーはのけぞった。

「あ、あ、ドラー……そこっ」

やめて、と言いかけたつもりだったのに、

「ここだ……ちゃんと、覚えている」

ドラーンはそう言って、指の腹でそこを押す。

そう、ユルーの身体は覚えている、そこがおそろしく感じる場所だと。

「あ、あ、あ」

触られているのは中なのに、前には触れられてもいないのに、いってしまいそうだ。

いきたい。

腰が勝手にうねるように動き、すぐそこに見えている絶頂を追いかけようとしたとき。

ドラーンの手が、ユルーの根元をきゅっと握った。

「あ、やっ、ど、して……っ」

ユルーは焦れて身もだえた。

「……言っただろう、我慢したらあとでずっといい、と」

ドラーンが片頬に余裕のない笑みを浮かべて、言う。

あとで、というのはいつなのか。

いつ解放を与えてくれるのか。

「ドラーン……っ」

思わず涙目でドラーンを責めるように見ると……

「俺も、もう我慢できない」

そう言ってドラーンは指を引き抜いた。

「あっ」

それさえもが刺激になってのけぞったユルーの、両膝を改めて胸のほうに押し付ける。

ドラーンの熱が押し当てられる。

ぐ、と押し付けられ……そして、それがぬるりと、中に入ってくる。

「……っ」

いっぱいに押し広げられ、息苦しい。

しかし……先端の張り出した部分がきつい入り口を通り抜けた瞬間、ふいにその息苦しさが消え、そしてドラーンのものが、奥まで押し込まれた。

「あ、あっ」

ドラーンがユルーの上にゆっくりと上体を倒し、胸と胸が触れ合う。

体格差のある上体を少し丸めるようにして、ドラーンはユルーの首筋に顔を埋めた。

「ユルー……大丈夫か」

耳元に聞こえる、ドラーンの押し殺した声。

ユルーは腕を伸ばしてドラーンを抱き締めた。

「だい、じょぶ……っ」

「動く、ぞ」

ドラーンの声にも余裕がないのがわかる。

ぐぐっと、ドラーンのものが入り口近くまで引いていき……そしてまた、奥まで突き入れられる。

「あ……あ、あっ」

内壁を強く擦りながら、一突きごとに、さらに奥まで。

擦られたところから沸きだした熱が、全身に広がっていく。

頭の中が真っ白に灼《や》けていく。

掌に感じるドラーンの筋肉のうねり、滲《にじ》んだ汗、荒い息、力強い腰の動き……そのすべてがドラーンで、そしてそのドラーンが自分を求め、貪ってくれている。

悦《い》い。

「んっ……、あ、あっ……く、ぅ……んっ」

ドラーンの動きのままに濡れた声をあげながら、ユルーは幸せだ、と感じた。

この前だって、幸せだと思った。

幸せで、気持ちいいと思った。

だがあれとは全く違う、本当に心からドラーンを信じて身を委《ゆだ》ね、自分のすべてをドラーンに曝《さら》し、ドラーンの身体も心もすべてを受け止めるというのは、こういうことだったのだ。

ドラーンに抱かれながら、自分もドラーンを抱いている。

と、ドーランが、張り出したところで、ユルーの中のあの、強く感じる一点を擦った。

指でされて、おそろしく気持ちがよかったところ。

「あ、や、そこっ……っ」

我慢しろと言われたのに……できなくなってしまう。

しかしドラーンはわざとのようにそこを擦りながら、二人の身体の間で限界まで勃ち上がっているユルーのものを探り、握った。

「あっ」

「もう、いい、我慢しなくても」

唆《そそのか》すように言って、ドラーンが腰の動きをさらに強く、深くする。

その動きと合わせるようにユルーのものを扱《しご》くドラーンの手の動きも早くなる。

「あ……あ、あ、もっ……あ——」

来る、と思った瞬間、瞼の裏で白いものが弾《はじ》け——

ユルーは、身体をのけぞらせ、達した。

その身体を強く抱き締めながら、ドラーンもまた身体を固くし……

ユルーの中で大きく脈打ちながら、熱いものを吐き出す。

そのまま時が止まるかのように思え……そしてゆっくりと、身体が弛緩《しかん》していき、自分の耳に、自分のはあはあという荒い息が聞こえてくる。

ぐったりとしたユルーの身体の上に、ドラーンが覆い被さってきた。

やっとの思いで目を開けると、ドラーンの目がすぐそこにある。

少し照れたような、どこか申し訳なさそうな、しかし間違いなく悦《よろこ》びの余韻《よいん》を残した瞳。

「大丈夫か」

その声にも、これまで聞いたことのない艶《つや》を感じる。

「だい、じょうぶ」

そう言いながらユルーは、自分の声が掠れていることに気付き、赤くなる。

だが、これだけは言いたい。

「すごく……気持ちよくて……幸せ、だった」

そう言ってからふと、ドラーンの言葉も聞きたくなる。

「ドラーンも……？」

答えは知っている、と思いながら。

「もちろんだ」

その言葉と同時に、まだユルーの中にあったドラーンのものが、むくりと体積を増す。

「あ……え……？」

ユルーが戸惑っていると、ドラーンが堪えるようにくっと唇を嚙む。

「すまん、まだ、足りない」

そう言ってドラーンは、ユルーの腰を片腕でぐっと抱え直した。

繫がりがまた深くなる。

「あ……んっ」

ユルーの声も、甘く蕩ける。

外では吹雪が渦巻いているが、小屋の中では火が燃え、それ以上に二人の身体は熱く燃え上がっていった。


二日間、吹雪は続き、二人はその中に閉じ込められていた。

一度ドラーンが風に逆らいながら外に出て行き、馬とチャガンの様子を見てきたが、崖と小屋の間で上手い具合に囲われた場所にはさほど雪も吹き込んでおらず、二頭は満足しているようだ。

食料はドラーンの馬に積まれていた数日分のものだけで、吹雪が何日続くかわからないので節約しながらだったが、飢えることはなかった。

その二日、ユルーはこれまでになかったほど、ドラーンと会話をした。

ドラーンが訥々《とつとつ》と、もともと口が重い自分と一緒にいることにユルーが気詰まりを感じていないのが嬉しかったこと、ちょっとした言葉の端々から、ユルーが自分の気持ちを正確に汲《く》み取ってくれることが嬉しかったこと、などを話す。

ユルーはユルーで、自分がドラーンの気持ちを先回りしていたつもりで、実はドラーンの浅い部分しか知らなかったのではないかと思う。

部族の会議で、ドラーンが自分よりもずっと世界のことを知っていて、深い考えを持っていると知ったときには驚いたが、きっとそういう部分はもっとあるはずなのだ。

ドラーンという人間の持っている器の大きさ、奥行きの深さなどは、ちゃんと向き合って話してみてはじめてわかることだったのかもしれない、と。

それに気付けてよかった。

「僕たちは、本物の、馬を並べる関係ではなかったんだよね、周りにそう言われてそんな気になっていただけで」

ムラトに、保護者と被保護者だと言われなければ、ずっと気付かなかったかもしれない。

「そうだったかもしれないが……これからそうなることはできる」

ドラーンは真剣な顔で言い、ユルーは頷く。

「僕がちゃんと大人になれれば」

「お前は大人だ」

ドラーンが目を細め、ユルーを見つめた。

「離れていた短い間に、お前は驚くほど大人びた。部族の会議で俺に賛成してくれたときも、俺の意見だからではなく、しっかりとした自分の意見を述べたからこそ、みな感心したのだ。そして何より……俺に、馬を替えろと言ってくれたとき」

出発直後、ドラーンの馬の歩き方が少し変だと思い、その原因に気付いたとき。

「お前が、本当は気まずくて俺に話しかけることを躊躇ったのだろうに、同じ部族の、馬を知る一人の大人として、俺に忠告してくれたのだとわかった。あのときのお前は、しっかりとした……俺の知らない大人の男の顔をしていて、眩《まぶ》しいほどだった」

ドラーンの言葉に、ユルーは恥ずかしくなる。

それでは、気まずくて話しかけにくいと思ったことに、ドラーンは気付いていたのだ。

ドラーンが言うように、少しは自分は大人になれたのだろうか。

「ユルー」

ドラーンはまた、真顔になる。

「俺はお前を、俺しか知らず、俺しか見ないままにしておきたかった。お前が大人になることを一番邪魔していたのは、俺のそういう気持ちだったのかもしれない。そして俺と離れたあと、お前に申し込む連中が大勢いたことを、俺は知っている。他の誰かをお前が選んだらと思うと、嫉妬でどうにかなりそうだった。俺はそういう、小さな人間だ」

一度言葉を切り、そして思い切ったように続ける。

「それでも、改めて俺と、馬を並べる関係になってくれるか。それも……どちらかの結婚で解消し、普通の親友になるような関係ではなく……生涯、互いを伴侶とする、本物の関係を築いてくれるか」

ユルーの胸は、幸福感ではちきれそうになった。

そう、ユルー自身も、ドラーンとそういう関係になりたかったのだ。

ドラーンが嫉妬してくれていたという告白すら、嬉しい。

ユルーだってゾンに嫉妬していたのだから、それを「小さい」というのなら同じことだし、それだけ互いを想っているということなら、それでいい。

ドラーンの瞳が、ユルーの返事を待っている。

そして、返事は決まっている……それはドラーンにもわかっているはずだ。

ユルーは一度深呼吸し……

「僕も、ドラーンと、本物の馬を並べる関係になりたい」

ドラーンの頬がゆっくりと綻《ほころ》ぶと、顔を近寄せてくる。

この口付けは、何か特別な……誓いを意味する口付けだ、と感じながら、ユルーはドラーンの唇を唇で受け止めた。

「チャガン！」

荒れ狂った吹雪が嘘のようにぴたりと収まると、ユルーは小屋を飛び出し、チャガンのところに行った。

狭い空間から解放されたチャガンが嬉しそうに吠えながらユルーに飛びついてきて、ユルーはやわらかい雪の上にひっくり返り、チャガンはユルーの顔をぺろぺろと舐め回す。

ようやくチャガンの興奮が収まると、雪の上に座り込んで、ユルーはチャガンを抱き締めた。

「チャガン、ありがとうね。まさかチャガンが、ドラーンを呼びにいってくれたとは思わなかった」

チャガンは、ユルーが困っていたらドラーンを呼んでくるのが当然だと思ったのだろう。

ユルーの中に迷いがある間にも、チャガンは、ユルーにはドラーンしかいないことをちゃんと知っていたのだ。

「あとは……アルサランが無事に部隊と合流できているかどうかだけど」

ユルーは、馬の様子を見てからユルーに歩み寄ってきたドラーンを見上げた。

「今は、どうしようもないね」

ユルーたちの前には、いくつか選択肢がある。

ひとつは、荷馬隊を追うこと。

アルサランがどうなったか知るためには、一番望ましい。

だが荷馬隊が雪をかき分けてつけた道は吹雪で完全に埋まってしまい、ドラーンの乗る馬は深い雪を単独でかき分けるのには向いていない。

では、ドラーンがいた騎馬隊を追い、目的地のクルガンの谷へ行くか。

だが、いくら少し楽な道とはいえ、一頭の馬に二人乗って進むのは馬にかかる負担が大きすぎるし、何より食料が足りないだろう。

だとすると、現実的なのは……このまま来た道を引き返し、宿営地に戻ることだ。

それは今回の行軍からの脱落を意味し、参加すべきだと部族の会議で発言したドラーンにとっては、あまりにも口惜《くや》しいことだろう。

しかし、行く手の雪の様子などを見ていたドラーンは、静かに言った。

「……戻ろう。これは戦ではなく、訓練だ。これで俺たちが命を落としたりしたら、部族にとっても後味の悪いことになる」

ユルーにも、それしかないとわかっている。

「そうだね」

頷き、ユルーは立ち上がると、ドラーンがユルーの足元に目をやる。

「痛みは？」

「もう大丈夫、普通に歩けるよ」

ユルーは何度かその場で足踏みして見せた。

丸二日間小屋の中にいて歩かず、抱き合う際にも、ドラーンがずっと足首に負担がかからないよう気遣ってくれていたことを思いだし、思わず赤くなる。

ドラーンにも、ユルーが何を考えているのかわかったらしく、ふ、と頬に意味ありげな笑みを浮かべる。

と、チャガンが突然、荷馬隊が進んだ方角に向かって吠えだし、ユルーははっとしてドラーンを顔を見合わせ、立ち上がった。

ほどなく、雪をかき分けて、こちらに進んでくる人と馬の姿が見えた。

馬は三頭……二頭は人を乗せており、一頭は空馬だ。

そしてその空馬が、栗毛に金のたてがみの美しい馬だと気付いたユルーは思わず叫んだ。

「アルサランだ！」

残る二頭は知らない馬だが、一頭が乗せているのは、異国ふうに頭に布をぐるぐると巻き付けた男……ムラトだ。

どうしてムラトがアルサランを連れてこちらに向かっているのか、ユルーにはわけがわからない。

もう一人の男は、草原の服装をした、しかし見たことのない男だ。

「ユルー！」

声が届く位置まで来ると、ムラトが片手をあげて大きく振った。

「無事だったか！　それに、どういうわけかドラーンも一緒か……これは予想外だ」

「ムラト、どうして⁉」

近くまで来て馬を下りたムラトに、ユルーは駆け寄った。

「それにアルサラン……！」

アルサランが嬉しそうに首を上下に振り、ユルーはその首に抱きつく。

「元気そう……どこも、なんともないね、無事に仲間に合流できたの？」

アルサランに尋ねたのだが、

「そいつは無事に、荷馬を連れて本隊に合流したよ、たいした馬だ」

ムラトが答える。

そのとき、ゆっくりとドラーンも近付いてきた。

「意外な顔を意外な場所で見る」

ドラーンが抑えた声でそう言うと、ムラトが笑って肩をすくめた。

「こっちの台詞《せりふ》だよ」

それから、ユルーとドラーンを交互に見た。

「俺たちはあんたたちの隊とどのあたりで合流できるか試してみるよう王に命じられて、クルガンの谷から逆に北に向かったんだ。で、吹雪が来る前に、峠の手前に辿り着いた荷馬の隊と出会って、ユルーが荷馬一頭を探しに戻り、馬だけが戻ってきたと聞いたんだ」

それでは、アルサランは天気が再び崩れる前に、本隊に合流できたのだ。

「チャガンは戻っていないから、たぶんユルーと一緒だろうと思って、本隊はそのままクルガンに向かわせて、俺たちがユルーの馬を連れて探すことにして北上してきた。こっちは、オーリ。王の側近の一人だ」

それまで黙っていたムラトの連れが、深く被っていた毛皮の帽子を脱いだ。

日に焼けた、ドラーンと同年代に見える、紛れもない草原の男。

男らしい精悍《せいかん》な顔立ちだが、瞳が明るくどこか愛嬌《あいきょう》がある。

「オーリだ、よろしく」

男はそう言って、ひらりと馬から下りた。

「で、どうしてドラーンがここに?」

ムラトの問いに、

「僕が谷に落ちて動けなくなって……チャガンがドラーンを呼びに行ってくれたんです」

ユルーが答えると、ムラトは驚いたように目を見開く。

「遭難した場所から、夏にユルーに連れて行ってもらった湖まで戻って……それから隣の谷に入って騎馬隊を追いかけて、戻って」

指を折りながら、首を傾げる。

「それだと日数がかかりすぎるな。もしかしたらこの犬は、谷を繋ぐ新しい峠を発見したんじゃないのか？」

ムラトがドラーンを見ると、ドラーンが頷いた。

「チャガンについていったら、知らない峠を通って、こちらの谷に出た」

ユルーはまだそのことを聞いていなかったので、驚いてドラーンを見、それからチャガンを見る。

「だが……あんたはどうして、そんなにこのあたりの地理に詳しいんだ」

ドラーンは少し警戒した口調で尋ねた。

「夏に馬の買い付けに来たのは、このあたりの地形を探るためだったのか。あんたは本当は何者なんだ」

「ああ、警戒されているか、当然だ」

ムラトは肩をすくめ、オーリを振り向いた。

「説明してやってくれないか」

オーリが頷き、ドラーンとユルーの前に一歩進み出る。

「俺は王の側近くに仕え、普段は単独で、近隣のあちこちの事情を調べて王に報告する任務を負っている。敵対するにしろ手を結ぶにしろ、相手のことをあらかじめ知っておかなければいけないという王の考えからだ」

それでは、このオーリという男は、ユルーたちがまだ噂でしか知らず、今回の行軍ではじめてその命令に接した「王」を直接知り、間近で仕えている立場の男なのだ。

オーリは言葉を続ける。

「ムラトも俺と同様の任務についている。俺は草原中でも東にある部族の出身で、この前の戦いでは東の兵の中に密偵として入り込んだりもしていた。そしてムラトは西の国の事情に通じているから、交易商人を装って西の国の事情を探って王に説明したり、砂漠の街々との連絡役をしたりしている。こうやって一緒の任務につくのははじめてだが、以前から王のもとで顔を合わせているし、この男が草原の王に忠誠を誓う信頼できる仲間であることは、俺が保証する」

オーリの説明は明確で、その言葉には説得力がある、とユルーは感じた。

ドラーンを見ると、ドラーンも頷く。

「あんたの言葉は信頼できるようだ」

するとオーリは面白そうにそのどこか茶目っ気のある明るい瞳をくるりと動かし、ムラトを見た。

「どうやら、ムラトに勝ち目はなさそうじゃないか」

「そのようだ」

ムラトは肩をすくめ、ユルーに笑みを向けた。

「つまり、何かあって、関係が変わったんだろ？　今のあんたたちは、本物の『馬を並べる関係』になったように見える」

「え……？」

ユルーは驚いてムラトを見た。

わかる、のだろうか。どこがどう変わったのだろうか。

ムラトは苦笑した。

「ちょっとしたことさ。まず、ドラーンが俺とユルーの間に入り込もうとしていない。以前はなんとかして俺とユルーを二人きりにしないようにしているのがわかった。だからうまいこと、ガルダの群れを探しにユルーと行くことになったときはちょっと面白かったんだが、今はドラーンに余裕がある」

「面白がっていたのか」

ドラーンがむっつりと言い、ユルーは、ドラーンがそんなことをしていたのかと驚き、嬉しくなる。

そして……ムラトの口調に、ふと感じるものがあった。

「ムラトは、本気じゃなかったんでしょう？　その……僕とのこと」

自分と馬を並べる関係にならないか、とムラトが言ったその言葉には、どこか、言うだけ言ってみるかという……ある種の気軽さがあったように、今にして思う。

「ああ、わかるか」

ムラトは照れくさげに首のあたりを掻《か》いた。

「俺は結局根無し草で、定住には向かない性格だ。そんな俺が、誰かと安定した関係を築くのは無理だとわかっちゃいるんだ。ただこのオーリが、離れていても本当に心が通じ合っていて信じ合っている本物の関係の相手を持っているから、ちょっと憧《あこが》れた部分はあるな。そしてそれがあんただったらいいな、と思った……その意味では、全くの冗談でもなかった」

ユルーは驚いてオーリに視線を向ける。

離れていても本当に心が通じ合い、信頼し合っている本物の関係の相手。

つまり、馬を並べる関係の相手。

「あなたには、そういう人が……？」

オーリがちょっと照れくさげに頷いた。

「ただそう願っていただけの時間は長かったし、そうはなれないと思った時期もあったが、ようやく得た相手がいる」

ムラトも頷く。

「俺が知っている、本物の馬を並べる関係の、一組だ」

以前にムラトが、自分が知っている「本物の」関係と、ユルーとドラーンの関係は違うと言った、それはこの、オーリのことだったのか。

ユルーが見たことのない、自分たちと別の「馬を並べる関係」の二人。

ようやく得た相手、というが、それなのにオーリは一人で王のために働いていて、普段は離れているのか。

「その人は、あなたがこうして遠くで仕事をしている間……自分の部族の領地にいるんですか？」

ユルーが思わず言うと、オーリは頷いた。

「ハワルはハワルで、領地で自分がやるべき仕事を持っている。俺たちはそういう在り方を選んだ。いつか縁があれば、会うこともあるかもしれないな」

「そのかわり」

ムラトが言った。

「クルガンの谷に着いたら、俺が知っているもう一組……というか、俺が最初に見た、本物の一組を見られるかもしれない。オーリ、セルーンさまもクルガンに来てるんだろ？」

ムラトの問いに、オーリが頷く。

「俺たちがクルガンを出たあと、着いているはずだ。ああ、今言ったのは、王と馬を並べる特別な方の話だ」

　ユルーとドラーンにそう説明してくれるのを聞いて、ユルーは目を丸くした。

「王の……？　王も、そういう方をお持ちなんですか？」

「理想の一対だよ」

　ムラトが頷いた。

「弓の名手で、常に王の側にぴったりと寄り添っている。オーリのところとはまた違う在り方だ。あんたたちにもきっと、あんたたちの在り方があるんだろう」

　ユルーは思わずドラーンと顔を見合わせた。

　自分たちには自分たちの在り方がある。

　それはこれから、二人で、手探りで探していくものなのだろう。

「ところで」

　それまでほとんど黙って話を聞いていたドラーンが口を開くと、ムラトもオーリも、すっと真面目な顔になってドラーンのほうを見た。

　ドラーンが口を開くと、その言葉を聞かなくては、という気持ちにさせる何かがあるのだ、とユルーは気付いた。

「今、クルガンの谷に着いたらと言ったが、俺たちには……馬はアルサランを連れてきてくれたが、食料も何もないので、難しいと思う」

「食料なら俺たちがじゅうぶん積んできた」

ムラトが応じる。

「王は、過酷な冬山越えで犠牲者が出ないよう、全員が無事にクルガンに着くことをお望みだ。それが、俺たちの任務でもある。クルガンまで一緒に行こう」

「ならば急ごう」

ドラーンはさっと頭を切り換えたらしい。

「荷馬がいないから、チャガンが見つけた峠を越えて、騎馬隊の道に行った方が速いだろう。そのほうが馬にかかる負担が少ないはずだ」

「じゃあ、小屋の中を片付けて、荷造りをしないと！」

ユルーは飛び上がって小屋に駆け戻り、ドラーンもしっかりとした足取りで、ユルーのあとに続いた。


クルガンの谷は、馬や人でごった返していた。

冬でも凍らない二本の川が合流する肥沃《ひよく》な美しい場所で、一度に大勢の兵を受け入れるだけの食料の備蓄などもなされているらしい。

谷の斜面にはびっしりと幕屋が立ち並び、草原の他の部族の男たちや、王都の兵など、見知らぬ大勢の人々が行き交う姿にユルーは驚いた。

馬も、犬も、優れたものばかりが集まっているように見えるが、ユルーの部族の馬はその中でも特別にいいと再認識する。

先に着いていたユルーの部族の男たちは、歓声をあげて二人を迎えてくれた。

「アルサランが荷馬だけ連れて戻ってきたときには驚いた。あの馬は本当にお前の言うことがわかっているのだな」

「お前ならきっと、無事だと信じていた」

そういう言葉が、一人前の大人の男としての、自分に対する信頼だとわかり、嬉しい。

ドラーンの騎馬隊のほうも、チャガンが現れて「荷馬隊に何かあったのだと思う、隊を離れたい」とドラーンが言ったとき、「ドラーンのことだから何か考えがあるのだろう」「荷馬隊も無事に目的地に着くために必要なことだ、ドラーンになら任せられる」と見送ってくれたのだ。

ドラーンへの信頼の証《あかし》だ。

こうして、全員が無事に顔を合わせられて、嬉しい。

ヤリフたちはすでに王に拝謁《はいえつ》したらしく、「すごい男だ」と感心しきりだった。

「あの男は確かに、草原の民をまとめ、率いていく才がある」

「厳しいところは確かにあるが、それはすべて、草原の民全体のことを考えているためなのそんな話を聞いているユルーとドラーンのところに、クルガンに着いて一度別れたムラトが顔を出した。

「王が、ドラーンとユルーに会いたいそうだ」

「名指しでか」

「俺たちも、部族ごとに挨拶をしただけなのに」

男たちがどよめく。

「僕たちに……どうして……?」

ユルーは思わず不安を覚えて尋ねた。

もしかしたら……二人が隊から離れ、ムラトとオーリが来てくれなければクルガンに辿り着けずに脱落したかもしれないことを、咎《とが》められるのだろうか。

「さあ、褒められるか咎められるか、俺には見当もつかない。王はそういうことを顔に出さない方だからな。だがまあ、いきなり首をはねられるようなことはないと思うから安心しろ」

ムラトはそんな、脅しだか慰めだかわからないことを言う。

ムラトに連れられて谷の一番下にしつらえられた、ひときわ大きな王の幕屋の前まで行くと、入り口の両脇に槍を持って立っていた兵が一行を引き止めた。

「少々お待ちを。セルーンさまが報告中です」

「お」

ムラトが意味ありげにユルーを見る。

ユルーもすぐ、それが王と「馬を並べる関係」の人の名だと気付いた。

ほどなく幕屋の扉が開いて、中から人が出てくる。

ユルーよりも少し年上と見える一人の若い男。

草原の民の冬服、他の男たちと同じような脇で止める立ち襟の毛織りの上着に、袖無しの短い毛皮を羽織った姿で、額には草原の各部族の、族長の血筋のしるしである銀色の細い輪がはまっている。

ほっそりとして優美に見えるが、しゃんと背筋の伸びたその身体はしなやかで、細面の美しい顔立ちには凛々しさがある。

「お待たせしました、割り込んでしまったようですね、すみません」

涼やかな声音でそう言って、ユルーたちに向かってやわらかく微笑み、軽く会釈して去っていく。

ユルーは思わずその後ろ姿に見とれた。

王と特別な関係にある人と聞いていたので、もっと年上なのかと思っていたが、あんなに若い人だったのか。

あの人と「馬を並べる」王は、どんな人なのだろう。

「ユルー」

ムラトが小声で促したので、ユルーははっとして、ムラトとドラーンに続き幕屋の中に入った。

大きな幕屋は軍議にでも使うのだろうか、思ったよりも簡素な広い大きな一部屋で、壁には寒さよけの彩り豊かな厚布が隙間なくかけられている。

そして一番奥に、天井から垂れた白い薄布を背に木の椅子が置かれていて、そこに一人の男が座っていた。

模様のない黒い立ち襟の服、漆黒の髪の、肩幅の広い男。

座っていてもその、逞しいがごつすぎはしない、男らしい体格がよくわかる。

額には、ひねりの入った銀の輪。

まだ若い……三十に届くか届かないかという感じだが、切れ長の灰色がかった瞳は鋭く、整った顔は老成した雰囲気を漂わせている。

そして、その場を支配する不思議な威圧感。

この人は……特別な人だ、と一目見てわかる。

同時に、先ほどのセルーンという人と並ぶとどれだけ美しく特別な二人なのか、という想像もつく。

「王」

ムラトが部屋の半ばまで進み、片膝をついて頭を下げた。

「お召しの、ドラーンとユルーです」

ドラーンがすっと、ムラトと同じように片膝をつき、ユルーも慌てて同じ姿勢を取り、頭を下げる。

「いい、顔を上げよ。ここでは王宮の作法はいらぬ」

王が、よく通る低い声で言った。

「は」

ムラトが顔を上げた気配がしたので、ユルーもおそるおそる顔を上げる。

王はじっとドラーンを見つめ、続いてユルーと視線を合わせた。

何を考えているのか読み取れない、と……ユルーはかすかに「怖い」と感じた。

やはり咎められるのだろうか。

予定の日までに、騎馬隊と荷馬隊が揃わなかったのは、自分たちのせいなのだから。

しかし……。

「無事でよかった」

王の口から出たのは、意外な言葉だった。

「戦ならまだしも、今回のような調査と訓練で大切な草原の民を失ってしまっては、悔やんでも悔やみきれないところだった。私が山の天候を甘く見ていたせいだ。すまない」

そう言って、頭を下げる。

ユルーは驚いて王を見つめた。

謝っている……王が……自分たちに。

草原の民をひとつにまとめ、東の大国を打ち破った王が、こんなふうに自分たちに頭を下げるなんて。

と、ドラーンが静かに口を開いた。

「ありがたいお言葉です。しかし、俺たちが無事にクルガンに着けたのは、反対側からムラトたちを向かわせてくださった王のおかげです。御礼申し上げます」

王の前でも動揺などしていないとわかる、いつものように淡々とした声音に、ユルーも落ち着きを取り戻した。

そうだ、ユルーも礼を言いたい。

「ムラトたちが来てくれなければ、僕たちは部族の宿営地に戻るしかありませんでした。部族の面目を失わずにすみました」

自分たちを信頼して送り出した、族長の顔を潰すところだったのだ。

しかし王は首を振った。

「もし失敗しても、その責任は部族ではなく私にある。だが今回、命を失っても不思議はない状況だったのに、ユルーの機転と勇気、そしてドラーンとユルーの絆《きずな》が、人の命も馬の命

も失わせなかったのだと聞いて、私は草原の民の一人として、お前たちを誇りに思い、尊敬する」

誇りに思い……尊敬する。

ムラトとオーリから、詳しいいきさつを話してあったのだろうが、それを聞いて自分たち二人のことをそんなふうに思ってくれるのだ。

この王は、力で人々を率いるのではなく、心で率いる人なのだ。

「これから一カ月ほど、ここで兵の訓練を行うが、平地しか知らぬ部族の兵がお前たちの部族から教わることが山ほどあるだろう。よろしく頼む」

重々しくそう言ってから、

「ところで」

王が口調を変えた。

「お前たちは、優れた馬を生み出す一対なのだと聞いた。実際、私が去年手に入れて気に入った馬二頭が、お前たちの育てたもののようだ。白斑のジョローは特に素晴らしい」

白斑のジョロー……それは確かにユルーが手塩にかけてジョローに仕立てた、美しく性質もいい馬だ。

高値で売れたと族長も喜んでいたが、王のもとに行っていたのか。

育てた馬が新しい飼い主に満足や喜びを与えていると知るのは、何より嬉しいことだ。

「ありがとうございます……！」

思わずユルーが言うと、王は頷いた。

「それで、お前たちに提案がある。私は草原の各地から、才のある者を側に集めて、草原全体のために役立てたいと思っている。お前たち二人が馬に関して得がたい才を持っているのなら、それを王都で役立てる気持ちはあるか。王都に駐留する常設部隊の馬に関して、すべてを任せられると思うのだが」

意外な言葉に、ユルーは絶句した。

王都の部隊のすべての馬に関して……すべて、ということは、買い付け、繁殖、訓練、そういったことを任せるというのか。

それは確かに、誇らしくやりがいのある仕事だろうが……しかし……

ユルーは隣のドラーンを見た。

ドラーンも同時にユルーのほうを見て、視線が合う。

同じだ。

ドラーンも、ユルーと同じことを考えている。

「返答は今でなくともよいが」

王が言ったが、ドラーンは王を真っ直ぐに見つめた。

「いえ、この場でお返事申し上げます」

その声音に何かを感じ取ったのだろう、王がわずかに眉を上げる。

「言ってみよ」

「まことにありがたいお言葉ですが……その仕事には、俺たち以外にもきっと適任者がいます。だが、俺たちの領土のあの、山々に囲まれた水の豊かな草原で、あの特別な場所でこそ、いい馬が生まれ、育つ。あの場所から優れた馬を送り出すことは、俺たちにしかできないことだと思います」

それは、ユルーが言いたいことと、一言一句同じだった。

そう……ドラーンとユルーがいるべき場所は、あそこなのだ。

「王のために、僕たちはあそこから、いい馬を送り出し続けます」

ユルーが言葉を添えると、王は黙って二人を見つめていたが……やがてふっと口元を綻ばせた。

厳しい王の表情が、思いがけないやわらかさを見せる。

「なるほど、ムラト、お前の言葉どおりだ。この二人は似合いの頑固者だ」

ムラトはちょっと得意そうに笑みを浮かべる。

似合いの頑固者、という言葉がユルーにはなんだかくすぐったく、嬉しい。

「それでは」

王は続けた。

「冬の間だけ、王都の馬を見て助言をくれるというのはどうだ？　今年急には無理だと言うのなら、来年からでも構わない」

冬の間だけなら部族の馬は宿営地で、みなで面倒を見るから、ユルーたちが離れても大丈夫なはずだ。

そしてユルーは、他の部族が育てた馬も見てみたいし、優れた馬が揃っているであろう王都の軍にこれからどんな馬が必要とされるのかも知りたい、と思う。

ユルーはまた、ドラーンを見た。

ドラーンの瞳が少し細くなり、「今度はお前が答えてみろ」と言っているのがわかる。

不思議だ。

以前も、ドラーンの考えていることはすべてわかっていると思っていた。

だがそれは、これまでの経験から知っているだけのことだったり、答えがわかっている質問を発していただけのような気がする。

だが今は、全く未知の、はじめて出会う状況に対してドラーンがどう考えているのかわかるし、そしてユルーも同じように感じているのだ。

こんなにも、ドラーンが近い。

ユルーは王の顔を正面から見つめ、言った。

「そのご提案でしたら、謹んでお受けします。お役に立てれば嬉しいです」

「そうか」

王の口元が綻んだ。

「それでは、後ほど実務の者をお前たちのもとにやるので、具体的なことを相談してくれ」

その言葉で謁見は終わったのだとわかり、ムラトが立ち上がるのに続いて二人も立ち上がると、王の幕屋をあとにした。


西の国との戦に備えたはじめての訓練は終わり、参集した部族はそれぞれに自分たちの領土に戻っていく。

互いに親交を深め、情報を交換し合うこともできた。

西の国とは、おそらくすぐに戦にはならないだろうが、備えは必要だとみなが納得しており……その備えのためにも、西の山を知っているユルーの部族の役割は大切なのだと、思い知らされた。

「じゃあな、また」

ユルーたちの出発を見送りに来たムラトが笑顔で言った。

「買い付けた馬は春に引き取りに行くので、それまでよろしく。それと」

意味ありげに付け加える。

「俺には、感謝してくれよ」

その意味は、わかる。

すべてはムラトが放牧地にやってきたところからはじまったのだ。

疑いを持っていなかったドラーンとの関係に不安を抱き、一度離れ、そして自分を見つめ直して、本当の意味でドラーンと結ばれた。

ムラトが現れなかったら、たぶん波風は立たなかった。

だがユルーはずっと子どものままであり、そんな自分に疑問すら抱かなかっただろう。

一度離れたからこそ、ユルーには自分に足りなかったもの、そしてドラーンが自分にとってどれだけ大切なのか、さらにドラーンが、想像以上に自分のことを大切に想ってくれていたこと、を知ったのだ。

「わかっています、ありがとう」

頷いたユルーとムラトの間に、ドラーンがすっと自分の馬を割り込ませてきた。

「俺からも礼を言わなくてはいけないのだろう。だがそれは、王に俺たちのことをいろいろ話してくれたことに対してだ」

そう言って、ぶっきらぼうにムラトに手を差し出す。

「見送りはここでいい、ありがとう」

「それが礼を言う態度か」

ムラトは笑い出し、差し出されたドラーンの手を軽く握る。

「あんたの危機感を煽《あお》れたのは、俺も面白かったよ。二人とも、元気で」

その様子を見ながら、ユルーは、もしかしたらこの二人はいい友人になるのではないかと感じていた。

手を振るムラトを残し、ドラーンとユルーは、部族の一隊の最前列を進み始めた。

早く、宿営地に戻りたい。

そして、春が待ち遠しい。

春になったら、今は宿営地で留守番をしているフンディに乗ったドラーンと、アルサランに乗ったユルーで、遠出することに決めている。

二人で、馬を並べて駆ける。

ただただ、二人でどこまでも駆けていく。

そのときっと、これまでとは違う二人の関係をあらためて嚙み締めることができるのだろう、とユルーの中には確信がある。

王とセルーン。

オーリと、その相手のハワルという人。

広い草原には、他にも何組もの、本物の「馬を並べる関係」の二人がいるのかもしれない。

その中で自分たちは、草原の片隅にいる、平凡な一組にすぎないのかもしれない。

だがそれでも、平凡で特別な、他の誰とも違う、一対だ。

ドラーンとの関係は、ここがようやく始まり。

これからもっとちゃんと成長し、もっと大人になり、ドラーンのために自分が何をできるかを考え続け、自分がドラーンにふさわしいのかどうか見つめ続け……

そうやって居続けてこそ、ドラーンと並ぶのにふさわしい存在でいられる。

馬を並べて走ってみることで、きっとそれを確かめられる。

馬を並べる関係というのは、自分たちにとっては、そういうものなのだ。

隣に並ぶドラーンも、同じことを考えているのがわかり……

二人は見つめ合い、微笑み合った。

憧れの二人

「帰ってきたぞ！」

男たちの声に、ゾンは幕屋から飛び出した。

冬の演習に出かけた男たちが帰ってきたのだ。

宿営地のはずれまで駆けていき、向こうに見える砂埃が次第に人馬の姿になるのを、わくわくして待ち構える。

王の演習に出かけていった騎馬隊と荷馬隊が、一緒に帰ってきたのだ。

ここ数日草原に雪が降らなかったので、男たちの道中も楽だったことだろう。

「十……十一……十五……二十二……全員揃っているようだな」

目のいい草原の男たちには、遠くからもう、馬と人と数がわかる。

厳しい冬山の行軍だったはずだが、誰も脱落せずに戻ってきたのだ。

あの二人も。

ゾンは目当ての姿を探して、さらに目をこらした。

——いた！

隊列の中程に、二頭の馬が並んでいる。

きらきらとたてがみが金色に光る美しい馬は、アルサランだ。

その背には、ほっそりとした、姿勢のいい姿……ユルー。

そしてその傍らに、栗毛の馬に乗る長身の男、ドラーンが見える。

隣同士で馬を進めてはいるが、顔を見合わせるわけでもなく、何か会話をするでもなく、真っ直ぐに前方に顔を向けている。

だがそれでも、二人が並んで馬を進めていて、そしてその歩調がぴったり合っているのを見て、ゾンの胸が高鳴った。

――二人はきっと、元に戻ったのだ……！

ユルーとドラーンの二人は、ゾンにとって幼いころからの、憧れだ。

二人とも若いのに、馬を見る目が優れていて、馬の扱いも素晴らしくて、部族の年長者からも一目置かれているのに決して偉ぶらない。

自分のようなたいして接点のない年少者に対しても乱暴な対応はせず、何か尋ねれば親身に教えてくれる。

ドラーンは寡黙《かもく》だが少ない言葉はいつも的確で、ユルーは優しくこちらの気持ちを思いやってくれる。

そしてその二人は、「馬を並べる関係」という、特別な一対であり……ゾンにとっては、二人まとめて、憧れの存在だったのだ。

いつか自分も誰かと、あんなふうに特別な関係になりたい、という。

その二人がいる宿営地で、二人に仕事を教えてもらえることになって、ゾンは本当に嬉しかった。

父に連れられて二人のいる宿営地に行ったとき、ドラーンが迎えてくれたことは嬉しかったが、ユルーが遠くの群れを見に出かけていたのは、残念だった。

ユルーが戻ってきて、二人並んでいるのを見たときに、そうだ、やはりこの二人は一緒にいてくれなくちゃ、などと勝手なことを思ったものだ。

自分の不注意で馬を暴れさせてしまい、ユルーが責任を感じて落ち込んでいたのは、本当に申し訳なかったと思う。

そしてそのあと二人が関係を解消したと聞いたときには、自分の怪我が原因かもしれないと思い、辛くてたまらなかった。

二人が騎馬隊と荷馬隊に別れて今回の演習に出かけることになり、雪山の行軍に向かないドラーンの馬、フンディを自分が預かって面倒を見ることになったのは、ドラーンの自分に対する信頼の証のようで身が引き締まる思いだった。

そのフンディとゾンは、同じ気持ちで、二人の帰りを待っていたのだ。

二人並んで、一緒に帰ってきてほしい、と。

「おおい、帰ったぞう！」

騎馬隊の先頭にいた隊長の男が叫び、出迎えの男たちがわっと歓声をあげた。

騎馬隊と荷馬隊は速度をあげてみるみる近付いてきて、あっという間に出迎えの男たちと入り交じった。騎馬の男たちは馬を下り、出迎えの男たちが我先に手綱を取って馬を預かろうとしてごった返し、ゾンは、目当ての二人を見失ってしまう。

アルサランを自分が預かって手入れをしたかったのに、すでにアルサランも、ドラーンが乗っていた栗毛も、それぞれ別の男に引かれて洗い場のほうに向かっている。

ゾンは慌てて辺りを見回し、ドラーンの幕屋が近いことを思い出し、そちらに向かって走って行った。

幕屋の入り口近くに、荷物がおろしてある。

裏手の、水瓶のある場所にいるのだろうと思って幕屋を回り込み――

ゾンははっとして、立ち止まった。

二人が、そこに立っていた。

まず先に水を貰ったらしい犬のチャガンが、水入れの皿に顔を突っ込むようにして飲んでいるのをユルーが優しく微笑みながら見つめ、そのユルーをドラーンが、やはり穏やかに微笑んで見つめている。

着ているものは旅の埃に汚れているが、二人の姿は、まるで一つの光に包まれているように、眩しい。

ああ、やっぱりこの二人はちゃんと元に戻ったのだ、とゾンにはわかった。

そもそも別れたことが間違っていた、だって、二人でいることが一番自然なのは、第三者である自分が見たってはっきりとわかることだったのだから。

そして、以前よりもさらに、二人の空気感がひとつに溶け合っているように感じる。

すぐに二人は、チャガンからお互いの顔に視線を向けた。

「ドラーン、先に使って」

「いや、お前が」

互いに水瓶の前を譲り合い、そして同時に吹き出している。

ドラーンがさっと柄杓に手を伸ばした。

水を汲《く》み、ユルーの前に差し出す。

ユルーは照れたように微笑み、おとなしく先に水を使って顔と手を洗うと、ドラーンから柄杓をひったくるようにして、ドラーンのために水を汲む。

なんだか……仔犬がじゃれ合っているようだ。

顔を拭き、ユルーの頬に水で張り付いた一筋の髪を、ドラーンが指先で撫でつけた。

なんだか見ているゾンのほうが甘酸っぱい気恥ずかしさを覚え、このまま二人を盗み見ていてはいけないような気がしてくる。

声をかけるべきだろうか。

「帰ってきたね」

ユルーが言い、ドラーンが頷く。

「まず、お前の母上のところに顔を見せに行こう。それからフンディの顔を見に行こう」

「フンディもドラーンに会いたがっているね。でもきっと元気だよ、ゾンが預かってくれてるんだもの」

自分の名前が出て、ゾンはびくっとした。

どうしよう、ますます、出て行きにくい。

「ああ。来年の夏も、宿営地の手伝いにゾンを呼ぶというお前の考えも、早く伝えてやりたいな」

ドラーンの言葉に、ゾンは驚いた。ユルーは自分に何か教えるのはこりごりかもしれないと思っていたのに、また手伝わせてくれるのか……！

「ゾンに教えることで、僕も学ぶことがたくさんあるからね」

ユルーがそう答えているのが、たまらなく嬉しい。

それから二人は一瞬黙って見つめ合い――

「ユルー」

ドラーンが聞いたことのない甘い声音でユルーを呼び、ユルーがドラーンを見上げ、そして二人の顔がゆっくりと近付いていく。

ゾンはお帰りなさいを言うのを諦め、二人が幸せそうだと自分もこんなに幸せなのだと思いながら、そろそろと後ずさりをした。

あとがき

このたびは「永遠の二人は運命を番う」をお手に取っていただき、ありがとうございます。モンゴル風民族BL、「草原の王は花嫁を征服する」「恋人たちは草原を駆ける夢をみる」に続く、なんと三冊目になります。

前の二冊と世界観は同じですが、別カップルの話ですので、この本だけでもお楽しみいただけるかと思います。

ちょこっと出てくる王とセルーンの話や、やはりちょこっと出てくるオーリの相手の話など、興味を持たれましたら、前の二冊もお読みいただけると嬉しいです。

さて、今回のタイトル、「番う」という言葉が入っておりますので、オメガバースと思われた方がいらしたらすみません。オメガバースではありません。

担当さまとタイトルについて悩んでいるときに「番う」という言葉が候補として出てきて、対になる、固く約束する、などの意味がやはり素敵だと思い、あえて使うことにしました。

前の二冊と同じ「草原」という言葉を入れることも考えたのですが、草原で縛ってしまうと、もしかしたらあるかもしれない、あったら嬉しい四冊目（笑）のときに、さらに悩んでしまうのではないかとも思い、はずした次第です。

三冊目ともなりますと、草原の文化について、自分の中でもだいぶ固まってきたような気がします。

時に「椀」の貸し借りについて、イメージとしては、下着のパンツの貸し借りを考えていただくと近いかな、と（笑）。


今回もイラストはサマミヤアカザ先生です！

馬とか衣裳とかいろいろご面倒をおかけしておりますが、美しいイラストで草原世界を補強していただき、本当にありがとうございます！

担当さまにも、今回もお世話になり、ありがとうございました。

コロナ禍が収まったら、某所で偶然ばったりお会いしてみたいという野望が叶いますように。

そして、この本をお手に取ってくださったすべての方に、御礼申し上げます。

どうぞどうぞ、お体にお気を付けてお過ごしくださいね。

また次の本でお目にかかれますように。

夢乃咲実

✦初出　永遠《とわ》の二人は運命を番《つが》う……………書き下ろし
憧れの二人……………………………書き下ろし

夢乃咲実先生、サマミヤアカザ先生へのお便り、本作品に関するご意見、ご感想などは
〒151-0051 東京都渋谷区千駄ヶ谷 4-9-7
幻冬舎コミックス　ルチル文庫「永遠《とわ》の二人は運命を番《つが》う」係まで。

幻冬舎ルチル文庫

永遠《とわ》の二人は運命を番《つが》う

2021年10月20日　　第1刷発行

✦著者　夢乃咲実　ゆめの さくみ

✦発行人　石原正康

✦発行元　株式会社 幻冬舎コミックス
〒151-0051 東京都渋谷区千駄ヶ谷 4-9-7
電話 03(5411)6431[編集]

✦発売元　株式会社 幻冬舎
〒151-0051 東京都渋谷区千駄ヶ谷 4-9-7
電話 03(5411)6222[営業]
振替 00120-8-767643

✦印刷・製本所　中央精版印刷株式会社

✦検印廃止

ISBN978-4-344-84942-6　C0193　Printed in Japan